最惡拍檔
總帥（洛廉）
引渡人總部的最高領導者，曾經是白優聿的導師，同時也是修蕾的拍檔。聰明狡黠，喜歡惡整白優聿，有時候會用自己的身分來壓制其他人以達到目的，因此被白優聿暗地裡稱為「狐狸總帥」。實則是一個很關心部下、很重感情的男人。臉上總是掛著溫和的笑容，看起來斯文儒雅，右眼下有一道傷疤。
封印能力：封印能力暫時未知，不過對咒言有很深的研究，跟修蕾是引渡人歷史上唯一練成「心靈共鳴」的搭檔。

路克・列德爾

琉級引渡人，亦是醫療組「雲吹」的組長。

溫柔沉穩，唯一能夠制衡喬的人，和白優聿是好友，對法陣有很深的研究，總是適時掌握許多內幕消息。

封印能力：淨化和限制。雲鯉之手，封印出現在右腕和右手背上。

喬

赤級引渡人。

衝動火爆，人稱噴火怪物，其實很關心白優聿，因為看到他的墮落而想用拳頭把對方揍醒，是一個不擅長表達感情的男人，遇上女生的話會變成只會回應「是」與「好」的先生。時常迷路，是個路痴。

封印能力：馭火。赤邪之火，封印出現在右肩部位。

三日月

輕世代
FW040
最悪拍檔
女神的執念
秋十著
流翼繪

最惡拍檔
目錄

楔子　昨日的今天

睜開眼睛，這是現實的世界。
閉上眼睛，那是發生在明天的現實世界。
她的能力是預言。
夢境，出現其中的人和事，都是她昨日看到的今天。
這個能力在引渡人歷史上史無前例。
因此，她讓人忌諱。
因此，她的名字是伊格。在古語中，「伊格」的意思是——讓人敬畏的女神。

叫囂和喝斥的聲音不斷衝擊著他的耳膜。
在那一片混亂的聲音之中，他聽到有人慘呼、有人尖叫，也有人念著冗長的咒言，接著一切聲音靜止了。
他看到一個男人，從一片火海中走了出來。
男人身上血跡斑斑，染上血色的銀色髮絲看起來很嚇人。
男人以冷寂得可怕的眼神看著包圍他的人。
站在男人面前的人們顫慄了，因為男人身上散發的可怕殺意。
後來不知是誰先逸出一聲驚呼，其中一人突然拿起利劍往身側夥伴的心口刺去，那人的臉上布滿驚懼，顯然不知道自己怎麼會突然攻擊自己的夥伴。
被刺中的夥伴瞳孔放大，倒在血泊中。

夾雜著驚呼和痛嚎的聲音此起彼落，每一個人都突然攻擊自己的夥伴。

血色染上大地，男人嘴角抽動了一下，隨即發出癲狂般的大笑聲。

但，他清楚看到男人笑的同時，淚水也隨著滑落。

他知道這個男人是誰。

……而且他想他應該知道男人為什麼陷入悲痛與瘋狂之中。

因為，在火海的另一端，一個美麗的女人閉上了眼睛，側臥在地上，胸口被一把利刃穿透過。

男人髮絲上的、身上的血是屬於女人的。

——那個男人是蘭可，女人是伊格。

『無論發生什麼事情都好，我不會讓妳有事，也絕對不會放開妳的手。』

『可是我終究有一天會離開，會死掉……』

『那麼我會親自把妳從輪迴之門的那一邊拉回來，不惜一切代價。』

蜷縮在床上的金髮少年倏然睜開眼睛，從夢中驚醒的他坐起身，額頭盡是冷汗。

清冷的月光從窗戶灑在床頭，他緩緩靠坐起來，抬臂抹去額頭的汗珠。

他又作夢了。

自從連瑞城回來之後，他不時夢見蘭可與伊格的過去。路克說過，那是伊格身死之後遺留下的執念影響了他，路克幫他進行淨化治療之後，沾染在他身上的執念應該清除了。

但，他還是夢見讓人膽顫心驚的一幕幕過去。

望月抱緊自己，深深吸了一口氣，努力抵抗強盛執念導致的冰寒顫意。

他的手在顫抖……全身也是輕輕顫抖，過了好半晌，他這才穩定下來。

對了，他現在身處莫羅多城，因為赤色聖環一事而受傷的白優聿留在這裡，所以身為搭檔的他自然也留下。

幸好他和白優聿並沒有同房，不然他剛才丟臉的表現肯定會被對方看到。

吁了一口氣，他打算出去倒杯水喝，一打開門，月光灑落在他身上，他突然瞪著自己握著門把的右手，臉色在瞬間變得極為難看，啪的一聲，他重重關上門，背靠著門板。

好不容易平靜下來的他再次顫抖了，他低頭看著自己的右手，捲起的袖子露出白皙的肌膚，手肘以上的部位卻出現一圈又一圈像是被繩索勒過留下的傷痕。

那是呈現暗褐色的傷痕。他第一次流露出慌恐的眼神，紊亂的思緒打亂他的呼吸，腦海裡不斷浮現一個名詞。

難道這是——

CH1

害怕與信任

「十字聖痕，光之花雨！」一聲吆喝，羽箭般的光華射向目標，遊走於黑暗的低級惡靈來不及發出慘叫，盡數被金髮少年的高級咒言消滅。

望月看著半空仍存的點點螢光，不禁若有所思。

「幹得不錯，看來你很快可以成為執牌引渡人了。」肩膀上被人一按，他回首迎上一個男人。

男人是駐守莫羅多城的引渡人小隊隊長——潘．希伽。

「是前輩過獎了。」他禮貌回話。

「這不是誇獎，能夠不靠封印化作的武器作為輔助，僅用咒言消滅惡靈，你是少數中的少數。」潘露出大大的笑容。

望月勉強一笑，心底高興不起來。潘轉身吩咐著隊員們前往下一個地點，他默默跟上去。

自從白優聿受傷之後，他被修蕾大人指示留在莫羅多城等候命令，所以在潘隊長的邀請之下，無所事事的他暫時加入引渡人小隊。

這一個月來的相處，小隊的每一位成員早已視他為戰友，也讓他贏得不少前輩的讚賞。

只不過有一件事還是讓他十分在意……望月下意識摸著被長袖遮住的右臂。

後方突然傳出某物墜地的聲音，小隊的成員們立刻轉身。

望月一回頭，赫然發現身後出現一個高約七尺的人頭獸身惡靈。

「望月！小心，這是三級的獸化惡靈！」潘一喊完，獸化惡靈猛地衝向最靠近的望月。

望月一個打滾閃開，卻閃不過獸化惡靈的尾巴，頓時被撞得甩飛出去。

潘大叫著隊員們上前支援，衝到望月面前，擔心地看著勉強站起的望月。「有沒有受傷？」

望月捂著被撞痛的肩膀，搖頭。

潘鬆了一口氣，跑上去支援隊員的時候大聲吩咐：「快解開封印作出防禦，這是接近高級惡靈的三級惡靈，要提防它急速變化之下升級！」

他怔怔地看著前方的激鬥，卻沒有依言解開封印，只是緊緊握著自己的右臂。

「快！望月你去右邊包圍它！莫森、安你們去左邊！」在潘的指揮之下，望月咬牙衝上，但他沒有解開自己的封印，只是大聲念出十字聖痕級別的咒言。

漫天的光箭朝獸化惡靈激射而來，被命中的惡靈發出淒厲的吼聲，震得大家耳朵嗡嗡作響。驀地，掙扎的惡靈整個蜷縮起來，隨著莫名的爆炸聲響起，惡靈憑空消失了。

「不好！」經驗老到的潘頓時意識到事情不妙，他揮手一喝：「布下結界！惡靈要升級——」

他來不及說完，憑空消失的惡靈再次出現，急速變化之下後背多了兩雙翅膀，體型較之前更為巨大，吼叫之聲刺耳得讓人忍不住毛骨悚然，赤紅的銅鈴大眼瞪向最靠近的望月。

尖銳的大爪伴隨惡靈的怒吼聲狠辣地襲向望月。

望月愣了一下，就要喊出封印的名字，話到嘴邊卻遲疑。

他不能讓其他人發現他的封印已經……

「望月！快解開封印！」小隊的人站得太遠，許多人包括潘急著衝上來，嘴裡不忘大叫。

封印可以暫時設下防禦。

望月清楚這一點，但是他不能解開自己的封印。他豁出去了！「十字聖痕，曙光女神之盾！」這是防禦性的高級咒言！

碰噹一聲，曙光女神之盾承受不了四級惡靈的重擊而碎開，望月堪險閃過惡靈的大爪，卻閃避不及惡靈從嘴裡噴出的毒針——

「望月！」

「不好了！」眾人紛紛大叫衝上，他唯一能做的只是舉臂擋在面前。

「哎喲，這樣下去真的會出事喔。」

好聽的聲音落下，他的後領被人一揪，整個人凌空飛起撞向一旁的大樹，嚇得冒汗的他忙不迭攀住樹枝才不至於摔個狗吃屎，驚魂未定看著他的救命恩人。

男人優雅地坐在樹枝上，淡褐色的髮絲在夜風下飛揚。月色輝映之下，他鼻梁上架著的銀色細框眼鏡泛起淡淡光芒，讓人看不清鏡片後面的眼神。

「呼，剛才真是危險。」男人絲毫不理會樹底下急成一團的小隊，對他一笑：「不好意思，來不及向你打招呼就出手了。」

剛才他出手的速度太快，那些人還以為望月被惡靈的大爪壓扁了，憤慨地施展攻擊。望月戒備地看著這個神祕男人，暗自擔心樹下的戰友們，男人卻優哉游哉抽出皮夾，從皮夾裡頭抽出一張紙，發出沙沙聲地寫字。

他是誰？他身上沒有邪惡的氣息，應該不是蘭可的同夥……望月暗想。

「寫好了，我留一張紙條給潘，好讓他知道你沒事。」男人很隨意地把紙條釘在樹上，站了起來。「望月，雖然我的請求有些唐突，不過你可以帶我去找白優聿嗎？」

「你……」怎麼知道我的名字？還知道白優聿這個人！

「走吧。」男人一笑，率先縱身跳下。

望月狐疑了，男人看了一眼成功包圍四級惡靈的引渡人小隊，朝他招招手。「不必擔心，潘他們沒事的。那只不過是一隻小惡靈。」

對方認識潘，認識白優聿，也認識自己……而且剛才還在危急間救下自己。

望月深吸一口氣，跟著躍下。「你是白爛人在總部認識的朋友？」想來想去唯有這個解釋合理。

「朋友？算是吧，聿他平時不太喜歡見到我。以前在總部的時候，他時常避著我，想起來都覺得難過。」

望月這才發現男人其實長得很高，而且面容俊美，稱得上一個美男子，除了右眼底下有一道舊疤。男人還露出治癒式的笑容，彷彿全身上下泛著月色般的光芒。

望月突然覺得這個男人和修蕾大人有幾分相似。他第一次和修蕾大人見面的時候，修蕾大人身上好像也是發光，笑容同樣好看到不行。

「所以我先找上你，希望你可以帶我見一見他，不然他肯定會關門不讓我進去的。」說罷，男人還作出一個拜託了的手勢。

不知是因為男人身上的氣息和修蕾大人相似，還是對方剛剛救了自己的原故，望月相信了對方的話，他點頭道：「好，我帶你去。」

「謝謝，望月。」

「對比了這麼多的資料，還是沒出現一項和蘭可有關的資料……」

位於引渡人小隊宿舍的建築物東面，傳出某個黑髮男人懊惱的聲音，來到廊道上的望月挑高了眉，因為「蘭可」這個名字而握緊拳。

他悄悄按著自己的右臂，逼使自己冷靜下來。

跟隨他的男人好像沒聽見內容似的，高興地道：「噢，我聽到聿的聲音了，雖然只相隔一個月不見，但我開始想念他了。」

望月臉上冒起黑線，他開始懷疑男人和白優聿可能存在的某種關係。

來到白優聿的房門前，望月先是敲了一下門板，在裡頭的男聲問起是誰的時候，他應了聲「是我」，熟悉他聲音的白優聿叫他進來。

「你不是去支援小隊的嗎?行動結束了?」正在分析小莎寄來的資料的白優聿頭也不抬，視線繼續在資料上遊走，等著他回答。

「嗯，回來的時候遇上你在總部的朋友，他在外面要見你。」望月指了指外面。

「……總部的朋友？」好奇的白優聿起身上前。

「嗨，聿——」某人探了一個頭進來。白優聿低咒一聲，想也不想就一腳踹門關上。

「喂？」望月呆了一下，白優聿什麼時候反應那麼靈敏了？

「你有沒有搞錯？你不知道他是誰嗎？他不是我的朋友！他是萬惡的老狐狸！」白優聿氣急敗壞大叫。

萬惡的老狐狸……望月有聽沒懂，偏首睨一眼緊閉的門。

果然如對方所說的，白優聿每次見到對方肯定關門不讓對方進來。

「啪——」厚重的門板突然應聲裂開，隨著飛散的碎片落下，男人頂著完全和剛才暴力舉止不相稱的溫和笑容踏進來。

白優聿的臉色變得難看極了，一副「望月你想我死吧？」的眼神看過來。

望月下意識擋在白優聿面前，以為白優聿和對方有過節。

「白、優、聿！這是你對待親親導師的態度嗎？」男人好整以暇地找個空位坐下。

親親導師？望月驚訝地看著嘴角微微抽搐的白優聿。

原來對方不僅是白優聿的舊識，還是白優聿之前的導師！

「嗤，真是華麗的登場啊，總、帥、大、人！」白優聿近乎咬牙切齒說著，望月幾乎打跌。

這個男人是總帥？總、總帥竟是白優聿的直屬導師？

望月全身一震，雖然很震驚，但白優聿這麼稱呼對方，他再無懷疑。

他立刻站得筆直，恭謹地躬身。「望月不知總帥大人大駕，剛才失禮之處請總帥大人不要介懷。」

之前他在總部的時候來根本沒機會見到總帥，所以並不知道總帥是長什麼樣子的。

「望月，放輕鬆一點，這裡不是總部，當我是一個朋友就好了。」大駕光臨的總帥揮揮手，親和一笑：「對不對啊，聿？」

「我不會把你當朋友，只會當你是瘟神。」白優聿翻白眼，還不是嗎？這人一來，自己的房門就被踹爛了，今晚他睡哪兒呀？

「呵呵，就算被你討厭，我還是會纏著你不放的喔。」總帥掩嘴輕笑，望月越看越覺得他像某人，他卻上前看了一眼攤在桌上的資料。「你們在找資料？」

見白優聿動作很快地收起全部資料，總帥換個姿勢，雙手合十放在膝上。「我已經下令不許任何人翻查有關那個人的資料，看來……獨羅組的小妹妹不遵從指示。」

「不關小莎的事，是我要她查的。」對方嘴裡的那個人是指蘭可。

「你知道這樣做的話會有多大的危險嗎？蘭可不是那種隨便讓你找出來之後就肯罷休的人。」

白優聿神色一凜。「聽你這麼一說，你是認識蘭可的，對吧？」

這段期間，他不斷思考，自從入讀梵杉學園和望月成為搭檔之後，謎團接踵而來，先是伯爵府有惡靈作亂，再來是亡魂克羅恩的軀體被強行掠奪，接下來就是失蹤多年再出現的赤色聖環被奪走，每一件案子都是和蘭可這個人扯上關係。

而這個人竟然是當年被總部強制消除封印的引渡人。

蘭可正在針對引渡人進行一連串的報復行動，臻則成了對方報復計畫之下的第一個受害者。

他要找出蘭可的第一步就是先查清對方的資料。偏偏在小莎的配合之下，他卻意外發現獨羅組內竟然找不到半點與蘭可有關的資料。

能夠完全封鎖某人資料的唯有一人——就是眼前的總帥。

為什麼總帥要這麼做呢？他想來想去，唯一的解釋就是當年肯定發生過某些事情，致使總帥下令封鎖所有資料，而且說不定總帥和蘭可是舊識。

「我當然認識他。」總帥並沒有否認，沉聲開口：「就因為認識，所以我清楚他的為人。我知道最近你、望月和小莎一直在追查他的下落，所以特地抽空過來找你。」

「要我別追查下去？放棄？」白優聿冷聲接話，不等對方答話，他篤定道：「絕對不可能。」

既然總帥認識蘭可，那麼對方不可能不知道蘭可正在進行復仇計畫，但是這三年來總帥、路克還有喬在他面前卻隻字不提。

他白優聿不是一個愚蠢的人，明白了大家的刻意隱瞞之後，決定自己去追查。

總帥對他的回答一點也不感到意外，偏首凝睇沉默的望月。「望月，如果有人不遵從總部的指示行事，最高刑罰是什麼？」

「強制性降級或者被遣送回總部接受內部調查。」對於這些刑罰，望月背得滾瓜爛熟。總帥給了白優聿一個「你聽清楚了吧」的眼神。

「但是，我相信總帥大人不會這麼做。」望月突然說出這句話。

白優聿微訝，望月再次躬身。「如果總帥大人要這麼做的話，您犯不著親身來到莫羅多城，而且您剛才不是說了，關於您的到來，在地的小隊並沒有收到正式的通知嗎？」

總帥大人悄然現身莫羅多城，誰也不找只找上他和白優聿，這一點再明顯不過了。對方要是真的搬出總帥的架子來執法的話，應該犯不著親身過來吧？

白優聿一怔，果不其然，總帥揚起笑容。「噢，被識破了，望月比起某個白痴果然來得精明。」他瞪了一眼面前的白痴。

「那你來幹嘛？閒著沒事幹啊？」白優聿對他說話沒半點下屬該有的樣子。

「為了兩件事，第一，總部的長老們已經通過了會議，決定全力追緝蘭可。」

一句意外的話讓白優聿和望月同時怔住。

「所以，你們不必獨自調查蘭可，追蹤蘭可下落的事情會由獨羅組負責，其他人進入備戰狀態，這是一個全面的反擊行動。」

「全面的反擊……」一個月前，總部還不肯承認蘭可存在的威脅性，現在竟然宣布全面反擊。白優聿想到一個可能性。「凱爾說了什麼重要消息嗎？」

總帥輕笑低喃一句「笨蛋還不算太笨」，清咳一聲：「他的確說了一個重要的消息。」

「那個消息重要得讓長老們決定採取反擊行動？」白優聿幾乎是肯定自己的想法。

總帥不再說話，只是細細打量他，盯得他頭皮發麻。「那麼你呢？決定反擊了嗎？」

望月也在這個時候看過來。

他知道，大家在說他的封印。白優聿深吸一口氣：「當然，我有必須反擊的原因。」他的眼神變得有些戚然。

「那就好，我要說的第二件事就是該如何化解蘭可的絕對催眠——」

「催、催眠……我們有辦法化解他的催眠？」

「您真的有辦法嗎？」

迎上二人充滿期待的眸光，總帥頷首。「蘭可的催眠雖然很強，但不至於無敵。」

白優聿彷彿看到了曙光，激動上前。「該怎麼做？請你告訴我！」

「噢，某人的態度終於變得恭敬了。」總帥惡質地調侃，手指一揮指向他的鼻頭。「在這之前你先回答我，你是怎麼看待望月的？」

「什麼問題呀你？他不就是我的搭檔，雖然大家搭檔關係不是很融洽，我也不是特別喜歡他……」

「哼，你以為我很喜歡和你搭檔？」望月冷冷打斷他的話。

白優聿用力點頭，睨一眼總帥。「看吧，我們只是被修蓄硬湊的組合。」

「這樣的話，當作我剛才沒說過任何話，你們還是別參與這次的反擊行動。」

「什麼?!」二人異口同聲大叫。

總帥上前，來到二人面前，分別搭著白優聿和望月的肩膀。

「蘭可透過言語控制人的心靈，你們知道他是怎麼辦到這一點嗎？」總帥看著二人，得到二人同時搖頭這個答案。

「他擅長利用人性弱點。最常見的手法就是，他利用人心中的恐懼操縱此人，世上沒有一個人的心靈不藏著恐懼，要徹底消除恐懼的唯一方法就是信任。」總帥看著白優聿。「當你心存恐懼，你會退卻；當你心存信任，你會前進。人的信任與信念都是建築在別人的身上，孤身一人者無法得到支撐自己的信任與勇氣，這就是引渡人以雙人搭檔方式出任務的由來。」

白優聿不禁看向望月，後者一副若有所思的表情。

「利用人心恐懼進行操控的蘭可如果碰上一個心中沒有恐懼的人，你覺得他還可以操控此人嗎？」總帥拋給他們這個問題。

「既然如此，請總帥大人指導我們方法。」望月幾乎當下恭謹地請求。

「當然可以。」總帥嘴角揚起，打起一記響指。「方法只有一個，那就是對你的搭檔產生感情。」

「對白爛人（臭臉男）產生感情?!」二人不約而同指向對方，臉色轉青。

「總帥，你是在玩弄小弟嗎？叫我喜歡男人這句話你也說得出！」白優聿翻白眼。

「這是您的惡趣味嗎？」望月按著額頭。

結果兩人頭頂同時被對方敲了一記，痛得他們不約而同哎喲出聲。教訓完畢的總帥緩緩說著：「你們想到什麼地方去了？我的意思是叫你們好好培養對搭檔應有的友愛和默契。」真是笨蛋二人組。

發現白優聿正在不滿嘀咕，總帥直接伸手揪過對方，成功讓對方閉嘴。他滿意地點頭。

「我剛才已經說了，孤身一人者無法得到支撐自己的信任與勇氣，你們的信任建築在搭檔的身上。只要你們辦得到『心靈共鳴』這一點，你們就可以面對蘭可。」

「說得很抽象啊你，該不會又要玩弄……」

「請總帥明示。」望月一手拍上白優聿的後腦，有禮地請教。

「唉，也不知道是我的表達能力差還是你們的理解能力差。」總帥苦惱地搖頭。

「當然是你的表達能力差。」白優聿毫不留情吐槽，頓時被望月一把按住嘴巴。

喂喂，壓根兒就是你顧著自己說話，我們有聽沒懂……被望月按住嘴巴的白優聿心中嘀咕。

然後，他聽到那隻萬惡的狐狸開口說著。

「所謂的心靈共鳴，就是把拍檔的性命視為自己的性命，同時把自己的性命交託在搭檔的手裡，不需要語言、眼神、肢體的暗示，你能夠以心靈感應自己拍檔的想法，並且讓你的封印也承認拍檔的存在。」

白優聿蹙起眉，望月放開手，不約而同看向總帥。

「封印不會攻擊自己的主人。讓你的封印也承認拍檔的意思是，如果他進入你的攻擊範圍，不管你的攻擊有多強大，他必須毫髮無損活著出來，辦到這一點，你們成功了。」

「這簡直不可能！」白優聿想也不想就反駁。

「這不是不可能，只是不容易。」

說到這裡，總帥按住白優聿的肩膀。「聿，你還記得我們經常進行的特訓嗎？毀掉法陣，但必須控制自己的破壞力，不讓封印的力量觸及法陣以外的範圍。」

白優聿一怔，隨即握緊拳頭撇開視線。

「這是練成心靈共鳴的基礎，希望你能夠領會得到。」總帥遞過一個白色信封給望月。「準備好之後去找這個人，這人會給你們適當的指導，就這樣，我先走了。」

望月瞄了一眼黯然的白優聿，估計對方不會送總帥出去。他送著總帥下樓，後者卻揮手示意他別送。

他躬身道別，肩膀被對方一按。「望月，辛苦你了。」

「哪裡，總帥大人客氣了。」望月輕輕搖頭。

「如果可以的話，試著多信賴他一點，或許他可以解決你的問題。」

他一怔，發現總帥的眼神停留在他的右臂上，在他驚愕不已之下，對方揮手離開了。

拳頭，悄悄收緊，他按住自己的右臂，斂下眉。「……被發現了嗎？」

CH2

拍檔與天使

「就是這裡？」

「應該是吧，潘給我們的地圖上顯示格利多芬之門的入口就在這裡。」

「那麼你準備好了？」

「老實說啊，望月，我該準備些什麼呢？」

一臉無奈的白優聿登時感覺眼前一黑，後腦勺被某少年用力巴了一下，他吃痛之下迎上一張臭臉，臭臉少年直接把一樣東西拋過來。「接不穩你就死定了！」

白某人手忙腳亂接過那樣東西，望了一眼手上的東西，一看之下。「咦？不是說好由你來開啟格利多芬之門嗎？」

「嘿，危險的事情當然由你來做。」望月竟然冷笑。

「喂！這句臺詞向來是由我來說的好不好？你——」

「少囉唆，你皮癢討打？」

白某人被逼屈服於望月的淫威之下，他悲摧地看著那顆閃閃發光的珍珠，不禁想起不久之前發生的事情——

「格利多芬之門？」

「是的，聽說格利多芬之門由代號『天使』的尹諾斯在守護。我們要找到尹諾斯就必須先找到格利多芬之門的所在。」頓了一下，金髮少年誠懇地說著：「聽說，駐守莫羅多城的小隊隊長是唯一知道格利多芬之門的人，所以我們才會冒昧尋求你的幫助，潘。」

一臉鬍渣的剛毅男人露出為難的表情，眼前的二人之前幫了他好大一個忙，按理說自己應該毫無保留答應他們的請求，可是守護格利多芬之門的尹諾斯並不是普通的人物，他擔心這對拍檔會遇上空前大麻煩。

「你們為什麼要找尹諾斯？」潘湊上前問道。

「因為……」

「這是總帥委託給我們的一個祕密任務。」

望月瞪了一眼打斷他的白優聿，對方搶過他的發言權，直接抽出一封白色信封遞過給潘。「這是總帥的指令。」

純白色的信封背面有一個金色的特殊圖騰。

這是引渡人總部最高領導者——總帥大人的印鑒。

潘立刻站了起來，表達自己對於總帥大人的敬意，表情難掩驚訝。「我不知道你們被總帥大人直接賦予任務……唉，該怎麼說呢，雖然我不清楚你們此次的任務是什麼，但既然是總帥大人的直接授命，好吧。」

他摘下脖子上的銀鍊，銀鍊上繫著一顆鑲上金邊的粉色珍珠，即使是在大白天，珍珠還是綻放淡淡的光芒，一看就知道是價值不菲的寶物。

「這是通往格利多芬之門的鑰匙。」潘將所謂的鑰匙交給白優聿。「開啟門的方法很簡單，只要喚出鑰匙的正確名字，獻上酬謝之禮，你們就可以到達格利多芬之門。」

「噢，名字？」白優聿仔細打量這件珍品，深深覺得這麼美麗的一件飾物戴在一個粗獷男子的身上實在浪費。

「艾美黛。」指著那顆珍珠，潘一臉慎重。「喚出她的名字之後，把你的手心輕按在珍珠表面，但要小心一點，艾美黛的脾氣不是很好，如果對她不敬的話，她可能會吃掉你的手。」

「吃掉……我的手？」白優聿眉角微微抽搐，他是不是聽錯了？

「對。」潘大概覺得叮囑白優聿是白費心力的事情，所以他轉向默不作聲的望月。「基於艾美黛是通往亡靈之門的鑰匙，她不能承受半點的邪惡力量，你們要謹慎，別讓她沾染到惡靈的執念邪氣，不然後果不堪設想。所以我希望由望月你來開啟格利多芬之門。」

「等一下潘，你剛才說的亡靈之門是指？」望月驚訝了。

「格利多芬之門，在古語中代表亡靈之門。」潘倒是一臉不解。「總帥大人沒向你們提起嗎？」

於是，他們就這樣被總帥大人推入萬劫不復的火坑裡……噢不，應該說比萬劫不復的火坑更可怕上百倍的亡靈之門。

所謂的亡靈之門並不是輪迴之門，輪迴之門是引渡人將游蕩在世間的亡魂或惡靈引渡的最終歸處，亡靈之門則是分隔了人世與輪迴大殿的門。

這意味著格利多芬之門是阻止輪迴大殿的亡靈重新來到人世作亂的一扇門。

白優聿總算理解潘當時為何露出無比驚訝的表情。

因為腦袋稍微正常的引渡人都知道打開那扇門意味著將自己推入危險的深淵。這麼說來，萬惡總帥吩咐他們這麼做有何用意？

「白爛人，動手了。」

冷冷的聲音把思忖中的白優聿喚醒過來。他苦笑，現在的確不是發愣的時候。「艾美黛，吾誠心呼喚汝的名字，請汝開啟格利多芬之門。」

白優聿按照潘的指示念出咒言，一旁的望月留神觀察四周。這裡距離莫羅多城中心約莫十公里，他們身處的位置前身是一座墓園，十三年前發生七級惡靈作亂之後，墓園盡毀，這裡從此成了廢墟。

在這裡開啟格利多芬之門的話，他們不會驚動到莫羅多城的子民。

潘在他們出發前千叮萬囑，開啟格利多芬之門的過程中不能讓艾美黛受到惡靈的執念和邪氣影響，還特別吩咐讓看起來比較可靠的望月來負責開啟格利多芬之門的任務。

但是，望月辦不到這一點。

想到這裡，望月偷偷瞥了一眼身側的白優聿。白優聿沒有發現他的異樣，正在專心念出咒言，他稍覺心安，卻不禁按著自己的右臂。

這些日子來他儘量穿上長袖衣遮去右臂的紋印，再加上自己暗中施下的淨化咒，現在身邊的人對他尚未起疑……但他不知道自己還可以隱瞞多久，可不可撐到完成這次任務還是未知之數。

「啊！望月快看——」白優聿突然驚呼起來，緊張地指向平放在右掌心的艾美黛。

艾美黛在咒言的啟動之下，粉色的珍珠表面驀地出現裂痕，某個半圓形之物緩緩從裂開的珍珠表面浮了起來，擠破了整顆珍珠，珍珠粉末紛紛掉落在地，不可思議的現象就在此刻發生——

半圓形之物發出輕輕的啪答一聲，再次裂開一道口子，貌似人類瞳眸的眼珠從裂開的口子裡浮出，白優聿在這個時候鬼叫鬼吼起來，要不是望月緊緊握住他的手不讓他甩手，艾美黛早被他摔得老遠。

「這是什麼鬼東西——」

「吵什麼？小子！再對老娘發出不尊敬的叫聲，老娘就把你給宰了！」

一道清脆響亮的女聲響起，聲音的來源竟然是白優聿手中的那顆眼珠子！

「啊、啊、啊——死人眼珠——竟然會說話——」

「死人眼珠？老娘正是你呼喚出來的堂堂艾美黛大人！無知小子！」

「艾、艾美黛竟然是一顆死人眼珠子?!我們被騙了啊望月——沒希望了——」

「呸！老娘身為堂堂格利多芬之門的偉大鑰匙竟然被你如此汙衊，你當真不想活了！老娘要把你這無知屁眼兒推到德羅大飯店去當牛郎、把你轉賣給千年妖精王后當她的暖床工具，再把你送給飢渴的女惡靈們綁在床上輪、姦——」

「妳這顆壞心的死人眼珠！信不信我一把戳瞎妳看妳還可以得逞到什麼時候——」

難以忍受爭論不休的一人一物，望月厲喝一聲。「都給我閉嘴！」

四周頓時靜止，白某人一臉嫌棄地瞪著手中的艾美黛，那顆被喚作艾美黛的眼珠子稍稍安靜了一下，再次大吼小叫起來。

「無知屁眼兒！竟敢叫老娘閉嘴，你可知老娘乃是堂堂格利多芬之門的偉大——」

「艾美黛大人，能夠呼喚出您這位亡靈之門的偉大鑰匙是我們的榮幸，請您原諒我們之前的失禮。」

「……咦？不錯，你這個小孩子有見地。」孺子可教也。

望月端出的敬語果然有用，上一刻還忿忿不平的艾美黛此刻冷靜了下來。「哼，說吧，你們為什麼要打開格利多芬之門？」

「原來您已經知道我們的目的了。」

「不然你們召喚我是要相約去吃火鍋嗎？廢話！」

被教訓的望月沒有反駁，反倒是白某人牙癢癢地暗自說了一句「我想直接把妳丟入火鍋湯內燙成花枝丸」，艾美黛不知有沒有聽到，突然發出低低的冷笑聲。

「既然我被召喚出來了，我一定會完成你們的心願，但是……」頓了一下，艾美黛以讓人毛骨悚然的語氣接下去。「格利多芬之門是亡靈之門，門的另一邊多的是不甘被引渡人接引到輪迴大殿的惡靈，你們很可能會直著進去，橫著出來。」

望月神色一凝，看向同樣變得正經的白優聿。

雖然他從未有一次和白爛人有過共同的想法，但此刻的他讀懂白優聿的意思。

為了打敗蘭可，就算前面是地獄他們也要闖了。

「有勞您了，艾美黛大人。」

「哼，老娘從不做免費的工，打開門之前先給謝禮！」

「謝禮……對了，潘提過的。」望月突然捉過白優聿的手，在後者頂著一頭問號的時候，他讓白優聿的手靠近那顆眼珠子。

一張大口突然冒了出來咬住白優聿的左手。

望月驚訝地看著艾美黛幻化成一張嘴巴，咬住白優聿的手掌，鮮血開始噴濺的同時，白某人喊得呼天搶地，結果某人在憤怒加吃痛之下狠狠將艾美黛丟在地上奮力踐踏——

「……這樣做好像不太好？」望月退至一旁，不想被發怒之下意氣用事的白某人牽累。畢竟那顆被白某人狠狠踐踏的眼珠子是——開啟格利多芬之門的偉大鑰匙。

不過話說回頭，某顆正在被踐踏的眼珠子看起來挺堅固且有彈性，竟然被白優聿狂踩之下也絲毫不損，好整以暇躺在土地上。

「我管她去死！咬我！咬我啊！妳是死人眼珠就算了，還是一個變態的咬人狂！我就要看妳還能夠變什麼！變一隻吃人大猩猩出來咬我啊！」

大猩猩吃人的嗎？望月再次為憤怒之下就會變得痴呆的白優聿感到悲哀。

就在這個時候，艾美黛在某人猛力踐踏之下埋入土內，白優聿一愣，望月咦了一聲，揪過白某人的衣領。「你看！地面出現法陣！」

「法陣？難道是開啟格利多芬之門的法陣？」

「別懷疑了，門就要開啟！」

地面上的法陣綻放淡淡綠光，綠光極快向上延伸，化成一座鳥籠，困在鳥籠內的二人分別發出一聲低呼，隨著光芒散去，荒廢的墓園已經失去二人的蹤影。

一顆眼珠子從泥土內鑽了出來，幽幽的女音響起。

「一個內心充滿猶豫不安，另一個正被執念逐步吞噬，這樣的搭檔組合真的可以做到『心靈共鳴』嗎？嘿。」

這是時間無法到達的地方。

白晝和夜晚並不存在，天空是亮的也是灰的，綿延沙丘的盡頭是一道無法見底的深淵，連接彼岸的是一道只能往前卻不能後退的「冥橋」，被引渡的亡魂或惡靈步過冥橋之後將直達輪迴之殿，那是生人止步之處。

這是隔離人世與輪迴之殿的所在，故此名為「格利多芬之門」，意為亡靈所在之所。

——摘自引渡人總部《聖．古納斯》史籍第三章第二段

望月想起了之前讀過的書籍，那是一篇簡短講述亡靈之門的史籍。引渡人總部成立的這些年來，真正到過這個地方的人其實沒幾個，所以對亡靈之門的講述解說並不詳細。

或許他回去之後應該好好寫一份詳細的報告，填補一下許多空缺的細節。

其實這個地方比他想像中來得沉寂。

綿延沙丘映入眼簾，看不見盡頭，寒冽的風颳起，捲起塵土，這裡無一草一木，荒涼得找不到一絲生命的足印。天空是一片灰濛濛的，偶爾亮起的閃電劃破灰暗長空，沉悶的雷聲遠遠落在另一邊的盡頭。

驚雷落下的地方應該是冥橋的方向，那是一道只能讓亡魂和惡靈前進卻不能後退的橋梁，後退者即被驚雷驅趕往前，逐往輪迴之殿。

除此之外，四周只有他和白優聿的呼吸聲。

「我們來到格利多芬之門了，該怎麼找到尹諾斯？」望月率先打破沉默。

綽號為「天使」的尹諾斯是守護格利多芬之門的守護者，但格利多芬之門的裡面是一片荒漠，要在這裡找一個活人並不容易。

白優聿嗯了一聲，其實他開始後悔了，剛才他應該在還沒將艾美黛踏扁的時候就該問個清楚，不然就不會淪落到毫無頭緒的地步。

「或許我們大聲喊一喊他的名字好了。」他提出一個自認為不錯的建議。

兩道森冷的目光瞪掃而來。「白痴啊你，隨便喊一喊，人就會冒出來嗎？」

「喂，如果你沒更好提議的話，麻煩你別罵人白痴。」切，他不想聽沒貢獻的人說話。

「如果你剛才沒發神經踏扁艾美黛，我們現在就不會沒頭緒！錯在你笨！」

「臭臉的，你是存心吵架就對了！」

「哼，和你說話簡直浪費氣力！」

一甩頭，金髮少年仰首往前，打算撇下白某人不管。

白某人連忙追了上去，邊走邊抱怨：「這不能怪我！潘那傢伙一開始不說明艾美黛是一顆死人眼珠，還是一顆咬人手指的眼珠！而且狐狸總帥給了一個坑爹的提示！叫我們來這裡卻不告訴我們怎麼找人……咦？等一下！望月你的冥銀之蝶不是最擅長找人的嗎？」

望月的腳步倏然停止，一臉冷肅瞪著白優聿。

「我……說錯話了？」好有殺氣的眼神，白某人怕了。

「我的冥銀之蝶最擅長的不是找人。」望月陰森森開口：「而是殺人，想試試看嗎？」

「哈哈哈，不想，謝謝。」

白優聿擠出笑容立刻大步往前，反而將望月抛在後頭。金髮少年凝望他的背影，暗自鬆了一口氣，他剛才表現得和平常無異，白爛人應該看不出自己的異樣……

前面的白優聿卻突然止步，望月抬頭看去，一道黑影擋去他們的前路。

那人長得高挑，全身包裹在一件破舊的黑色斗篷之下，讓人看不出他究竟是什麼來路。

望月向白優聿比了一個手勢，意思是要他提高警覺。後者點了點頭，那人卻在這個時候發出一聲冷哼。

「艾美黛竟然讓兩個黃毛小子進來，是嫌老娘太過清閒嗎？」斗篷一掀，那人露出一張漂亮細緻的臉蛋，雖然右眼處戴上一枚眼罩，但仍舊無損她的清麗動人。

她眉一挑，睨向見到美人就處於呆愣狀況的白優聿，啐了一口。「呸！一個連封印也解開不了的小子也敢闖進格利多芬之門來？」

望月一驚，黑影瞬間掩至白優聿面前，快得沒人來得及反應，白優聿已經被對方掐住咽喉，他連忙喝斥。「十字聖痕，光之束縛——」

「給老娘消失！」

女人冷聲一喝，幻化出來的光繩噗的一聲消失，彷彿之前並不存在。雖然大吃一驚，但望月反應絲毫不慢，一記飛腿掃向女人的下盤。

女人冷笑，輕鬆躍起閃過，順著躍起之力踩上白優聿的背部，順勢將白優聿壓制在地，右手依然扣緊白優聿的咽喉，左手剛好擋下望月的重拳。「哼，金毛小子，你是擊不倒老娘的！咦——」

三道弱弱的光之箭驀然由背後襲來，女人微訝，隨即冷嗤一聲，唯有騰出扣緊白優聿咽喉的右手一揚。「消失！」

光之箭應聲平空消失，女人露出不屑的表情，揚起的手卻倏然被望月一把捉過，整個人被硬生生扯落在地。

「嘖！分散注意力這招是不錯，可是老娘說了，你打不倒——」

「望月！現在！」白優聿大喊。

望月立刻將她的雙手反扣，白優聿同樣大步上前，合力將女人壓倒在地。「哼，美女姐姐，就算妳的武技再厲害，妳還是敵不過兩個男人的力氣！」

「是、嗎？」

女人低笑出聲，全身骨骼發出碰撞的聲音，隨著一聲低吼，她的肩胛處倏然高高鼓起，一對巨大的金色翅膀從肩胛處迸了出來——

白優聿和望月被揮動的翅膀掃得往後急跌，女人趁機脫困飛上半空。

「天啊……」白優聿詫異得說不出話來。

女人噙著冷笑，以居高臨下之姿睨著錯愕雙人組，表情充滿諷刺。「老娘早就說了，憑你們永遠打不倒老娘的！老娘是尹諾斯、是駐守格利多芬之門的看守天使，你們只不過是力量渺小的人類！」

「尹諾斯……就是妳？妳、妳是天使?!」望月吃驚不已。

尹諾斯不是代號「天使」，而是貨真價實的……天使？

女人嘴角一勾，證實他的疑問。「不錯，老娘正是活了兩千年的貨真價實的天使！」

「天使……」

金色的翅膀綻放聖潔的光芒，為一片荒漠帶來柔和的光亮，只出現在教廷古書和傳說之中的天使有著與月華同樣美麗的相貌，有著與旭日同樣溫和的光芒，有著一顆慈悲的心腸，是在無數的傳說與史籍中都扮演著壓軸出場、救主角們脫離苦難的角色——

但除了相貌不錯之外，這個女人的言行舉止為什麼粗暴野蠻得和強盜頭子沒兩樣？

「妳是冒牌天使……哎喲！別擰我耳朵！活了兩千年的老女人！」

「啊？再說一次啊小白臉，老娘最最最喜歡蹂躪你這種看起來毫無殺傷力可言的小白臉！」

「妳不是天使嗎妳？哪有天使會這麼粗暴的對待人類，還踩在我背上、擰我耳朵……等等等……別再拗我的手臂！上次已經骨折過一次，這次再骨折就報廢了——啊——」

「啊哈哈哈，老娘終於把大肉蟹的鉗子紮起來了！來人啊，起火，把這隻肉蟹推去清蒸！」

就在白優聿被光繩捆綁得緊實、嘴裡發出唉呼求救聲，某位自稱為天使的女人玩得不亦樂乎的時候，望月突然作聲。

「尹諾斯，我記起來了。」頓了一下，少年以肯定的語氣說著：「在教廷古書記載中，尹諾斯本是司職上界的力天使，擁有言靈的力量，貴為上階天使，可是妳怎麼會出現在格利多芬之門這裡？」語末，少年帶了一絲的疑惑問著。

尹諾斯挑了挑眉，表情像是被人戳中逆鱗，就在望月以為她要勃然大怒的時候，她突然嘿一聲冷笑，收起了自己的金黃羽翼。

「告訴我你的名字，大膽的小子。」天使尹諾斯開口命令。

「望月，望月蓮司。」

天使瞇起了眼睛，細細打量金髮少年。金髮少年挺直腰桿，不卑不亢地接受她的審視。打從她揭露自己是看守天使身分的那一刻開始，望月就對這個女人沒了敵意。

雖然她與傳說中的偉大聖潔代表長得不像，不過他相信天使不會傷害他們，而且派他們過來這裡找她的總帥也不會陷他們於不義。

果然，她表露身分之後第一件事就是好好惡整白優聿，把他晾在一旁當觀眾，彷彿剛才的搏命過招只不過是一場玩笑。

「望月小子，好樣的！」肩膀被人用力一拍，力道大得望月以為自己的肩膀快脫臼，笑吟吟的某位天使豎起大拇指。「現在很少有你這種見識不凡的少年呀！沒錯沒錯，老娘當初是上階天使，還是蠻威武的力天使喔，後來遇上一件不幸的事情，結果被上級降職來到這裡當看守天使，不過沒關係，老娘深信終有一天，老娘能夠重回上階天使的寶座，繼續過著以前那種他喵的快活日子！」

「這……天使在上界的時候都是這樣說話的嗎？」望月有一種預感，這位滿口離不開粗話的天使極可能是言行問題才被降職。

「沒啦，只有老娘喜歡這樣講話，夠屌吧？」

望月勉強一勾嘴角，自行脫困的白優聿這時不識趣加插一句：「格利多芬之門真是一個奇怪的地方，除了開門的鑰匙是一顆變態的死人眼珠子，還有一個不像天使的天使作看守員……」

「艾美黛是老娘的眼珠！是天使大人的眼珠！老娘本想饒恕你剛才狂踩老娘眼珠子一事，現在你竟汙衊堂堂天使大人的名聲！老娘不好好整治你就對不起上界的天使們，更對不起天使這個名號！」

望月扶額，白爛人真是不知道什麼叫做禍從口出的嗎？

話說回頭，他總算明白堂堂天使大人的右眼怎麼會出現殘缺了，原來她以自己的右眼作為開啟格利多芬之門的鑰匙。難怪艾美黛說話的口吻和尹諾斯十分相似……白爛人是笨蛋才沒想到這一點。

白優聿慘呼求救，望月閃去一邊看熱鬧，反正他知道天使大人只不過是想整治黑髮男子，給對方一個教訓。

十分鐘過後，悠閒坐在一旁的望月看到白某人倒在地上一動不動詐死，尹諾斯笑容超級燦爛向他走過來，他這才站起。

「尹諾斯大人，如果妳還嫌不夠的話，我可以再等十分鐘。」

倒在地上裝死的白某人立即大受打擊、淚流滿面地指控。「嗚嗚，沒良心的望月……」

「夠了，再玩下去的話老娘會忍不住不讓你們走，嘻嘻。」

「請您別介意，我們很樂意繼續留在這裡。」瞪了還想多話的白優聿一眼，望月解釋著。「我們這次是奉總帥的命令過來，希望您能夠幫助我們達到『心靈共鳴』這個地步。」

「心靈共鳴，嘿，小子，你知道這是什麼意思嗎？」尹諾斯盯著他和白優聿冷笑。

「知道，總帥有提過，我們必須——」

「你可以全盤的信任白優聿？你能夠毫無顧忌地踏入他的攻擊範圍？」尹諾斯打斷望月的話，諷刺般的語句落下。「反之，白小子可以毫無恐懼解開封印？毫無遲疑在觸及你的範圍內展開攻擊？」

「我們要學習的就是這一點。」望月認真回答。

「嘿，學習喔——」尹諾斯晃著食指並搖頭。「這不是可以學習的東西，你可以學習格鬥、揮劍，但是你學不來信任和依賴。如果你明白不了信任和依賴的真正用意，你和他來到這裡也是白費功夫。」

望月蹙眉，忙著裝死的白優聿也跳了起來，露出不解的表情。

「唉，笨小屁孩。」尹諾斯啐了一口，雙手環抱。「要不是看在那兩人的分上，老娘才懶得鳥你們。聽好了！」

她豎起一根手指，二人連忙聚精會神聆聽。

「要練成心靈共鳴必須完成兩大條件。第一條件，呼喚。」尹諾斯清咳一聲。「你必須用你的聲音喚醒他的封印。」她先指向白優聿，再指向望月。

白優聿嘖的一聲。「只有封印的主人才可以喚醒封印，其他人就算知道那句『言』，也無法將之喚醒。這是常、識，天使大人！」

引渡人封印通常透過「有言則靈」的方式解開，望月就屬於這一種。但，有言則靈的「言」必須發自封印持有者本身，旁人就算知道那句「言」也決計解不開其他人的封印。

——這無疑是一項不可能的任務。

「笨！如果這是簡單易辦的事，你還需要大老遠跑來這裡找老娘？」

「所以我就說妳在坑我——」話都還沒說完，尹諾斯一記大拳砸在他的頭頂，痛得白優聿立即消音。

天使大人邪笑著，看向怔忡的望月。「望月小子，目前你是用以血解縛的方式幫那個小白臉解開封印的對吧？」

「是。」

「要辦到心靈共鳴的第一個條件，就是互相喚醒對方的封印。這一點你已經辦到了，現在要做的是讓小白臉也能夠喚醒你的封印。雖然對那個低智商的小白臉而言，這是一件近乎不可能的事。」尹諾斯說著。

「我強烈抗議妳的論點，我才不是低智商的——」

「聽好——」尹諾斯反手一擊，正中某人的下巴，打得後者再次消音，她這才好整以暇地繼續解說：「如果無法完成第一個條件，你們永遠無法辦到心靈共鳴這一點。」

「完成第一個條件之後呢？」望月沉聲問著。

「第二條件，承接。封印有強弱之分，一組拍檔之中，總有一人相較之下封印力量是比較弱的，弱者會被強者壓制，弱者無法反過來壓制強者，這是定律，你們兩個之中，望月小子的封印屬於被壓制的一方，棘手的問題就在這裡。」

「棘手？」望月挑眉。

「如果你屬於壓制的一方，依你的能耐，你絕對可以完美控制你的力量，但屬於壓制一方的人偏偏就是這個小白臉。」尹諾斯指著白優聿。「承接意味著你必須完美控制自身的力量，讓被壓制一方在毫髮無損的情況下接受自己的力量。成功辦到這一點，被壓制一方身上的封印將出現變化，意味承接了壓制一方的力量。」

「要怎麼讓被壓制一方接受自己的力量？」白優聿急著想知道。

「苦練，最基本的方式就是，在牆壁上畫一個法陣，你必須毀掉法陣，但不能讓封印的力量觸及法陣以外的範圍——」

「又是這個方法?等一下!我嚴重懷疑妳和狐狸總帥串通惡整我們!」

尹諾斯冷瞪過去,鬆著手骨準備對付這個無禮的小白臉。

「天使大人請息怒。」望月瞪了一眼白優聿,繼續問道:「只要完成以上兩個條件,我們就可以對付蘭可?」

「哼!別以為這是一件易事,老娘被貶下人界的這些年來,只見過一組拍檔成功達到心靈共鳴這個境界。而且他們前後用了五年時間完成第二個條件。」

「五年?我們沒有這樣的時間。」白優聿握拳。

「嘿,難不成你以為這世上有速成班這回事?」尹諾斯冷瞪過去,突然若有所思地道:「不過這也不是沒可能,他身上的執念說不定是一個速成的機會。」天使大人指向沉默的望月。

「什麼意思?」白優聿一怔。

望月臉色一變,天使大人冷笑上前,輕輕撫上他的右臂。

「這裡是『她』留下的執念,對吧?」

天使大人知道了些什麼嗎?望月一驚。

尹諾斯說著他們聽不懂的話,但望月隱隱覺得天使大人在說的「她」就是……

「那女人的執念是最強的羈絆,誰也無法將之淨化,但如果象徵至高無上的聖潔力量被你承接了,執念很可能會消失,你也可以脫離苦海。」

「等一下！妳和望月在打什麼啞謎？我完全聽不明白！」白優聿嚷著。

「既然如此，老娘就讓你看個明白！」

尹諾斯倏然念出難懂的咒言。望月全身一震，右臂頓時劇痛難當。

「這就是『伊格』的執念。」天使大人冷聲說著。

望月痛得臉色煞白，耳朵開始嗡嗡作響，他忍不住跪倒在地。

『夢境是預言，預言是真實的未來，我們誰也逃不過，不是嗎？』

『既然逃不過，我們何必苦苦掙扎，在滅亡之前選擇消失吧。』

呼吸越來越急促，喉頭彷彿被人緊緊捏住，望月張大嘴巴卻吸不進氣，胸腔的火辣悶痛是窒息的前兆。

執念……這是伊格的執念……

足以讓他墜入死亡深淵的執念。

「看到了吧？這是一個厄運，也是一個機會。只要你能夠喚出他的封印，再讓他承接聖示之痕，你不單止能救回他，說不定還能藉此練成心靈共鳴。」

望月昏迷之前只聽到尹諾斯說著這席話。

CH3

傷痕與桎梏

「我的右眼皮一直在跳……是凶兆嗎？」辦公室內，潘揉著跳了半天的右眼皮，喃喃自語看著窗外的天空。

今天的天空一如往昔的湛藍，自從上次的赤色聖環事件之後，莫羅多城恢復了以往的平靜，駐守在此的引渡人小隊除了偶爾引渡惡靈之外，幾乎是閒著沒事做。就好像今天這樣，隊裡的好幾個小夥子約好了去郊外一遊，剩下他這位隊長在這裡駐守。

本來他可以像以往一樣悠閒地來一杯下午茶，但今天一早他把艾美黛交給望月和白優聿之後，右眼皮一直在跳動，讓他不禁擔心起那兩位的安危。

說到底，望月和白優聿要去的地方不是什麼好地方，而是亡靈的歸處——格利多芬之門。雖然他是格利多芬之門鑰匙的持有者，可是他從來沒到過那個地方，他實在猜不透總帥派兩個見習引渡人到格利多芬之門的目的是什麼……

「報告隊長。」

潘回過神來，一看就發現來者是今天他派往城內巡邏的莫森，他驚訝站起。「出了什麼事？」巡邏隊向來二人一組，另外一個組員沒同時出現，這讓他擔心了。

「隊長請放心，莫羅多城一切如常。」

「去你的，沒事的話你衝進來幹嘛？」潘鬆了一口氣，笑罵：「老是這樣嚇我，我遲早嚇出一頭白髮。」

「抱歉。」莫森搔頭，尷尬一笑。「其實是這樣的，我們在外面巡邏的時候遇上兩個來自梵杉學園的人，據說是白優聿和望月的舊識，所以我先把他們帶回來，安暫時一人在外面巡邏。」

「來自梵杉學園的舊識？」潘聽出興趣來了。梵杉學園專門培養精英，他很想與這二人會面。「他們在哪裡？我去見一見。」

「是，他們被安置在會客室，對了隊長，白優聿和望月都不在嗎？」莫森今早開始就沒瞧見二人的蹤影。

「他們有些事要辦，應該晚一些再回來。」應該吧……潘也說不準他們到底什麼時候回來，正確一點來說，也不知他們能不能夠回來……

嘖！右眼皮又跳動了……潘揉著眼皮邊走向會客室，扭開門把，一個長得十分漂亮的女孩和一個瘦弱俊秀的少年立刻站起，朝他微笑頷首。

「你好，潘隊長。我是來自梵杉學園的一年級新生，洛菲琳・葉亞。」漂亮的女孩斯文有禮，擁有一頭微捲的酒紅色短髮，鼻梁上架著一副金框眼鏡，一看就知道她是那種乖乖的模範生。

潘同樣微笑頷首，心想來自梵杉學園的學生都好有氣質……嗯，除了那位姓白的以外。當他的視線落在洛菲琳身邊那位少年的時候，少年向他優雅地行禮。

「你好。我是洛菲琳的表哥，天孜。我不是梵杉學園的學生，目前的正業是遊手好閒的富家少爺一名，興趣是周遊列國結識新朋友，因為聽說洛菲琳想過來莫羅多城找同學，所以我閒來沒事做跟過來想結交新的朋友。」少年同樣有著一張漂亮的臉蛋，長得就如同他自己說的，是一個養在溫室內的富家少爺，全身上下充滿貴氣與文弱。

「你們好。」聽完自我介紹之後，潘分別和二人握手。「不巧的是白優聿和望月都出城辦事了，我不確定他們什麼時候回來。」

洛菲琳先是咦了一聲，露出些許失望的表情。「我還想為他們準備一頓豐盛的水果大餐當作慰勞宴，沒想到還是遲來一步了。」

「我也是啊，一心想來結識新朋友的說。」天孜攤手，同樣失望。

「不如這樣吧，在等待他們回來的這段時間，我充當導遊帶二位到莫羅多城內逛一逛，如何？」潘最不忍心看到別人露出失望沮喪的表情。

「人家沒心情了。再說，莫羅多城壓根兒沒好玩的地方。」天孜少爺完全情緒低落。

「表哥。」洛菲琳白一眼某位少爺，笑著對潘說道：「不如這樣吧潘隊長，麻煩你為我們準備兩間房，我們留在這裡等聿和望月回來。」洛菲琳的建議立刻換來天孜點頭稱好。

她這樣一說，潘也沒有拒絕的餘地。按理來說外人不能隨便入住引渡人分隊的駐點，但看在他們其中一個是白優聿和望月的同學分上，他只好吩咐隊員去準備房間。

半個小時之後，洛菲琳和天孜成功入住位於二樓的宿舍。

「這裡的宿舍挺簡陋的，梵杉學園的宿舍也是這樣嗎？」斜靠在門框上，天孜拿出一顆糖往嘴裡塞去，咬得喀喀作響。

「梵杉學園比較寬敞華麗，不過這裡不算太簡陋啦。」洛菲琳忙著整理行李，睨了一眼從來糖不離手的他。「前輩，吃太多糖對身體不好的。」

「才不會！」天孜指著自己然後一聳肩。「一天不吃甜的，我會無法思考，算了，妳不可能明白智者的想法。」

「是了是了，請問智者前輩，現在外面的情況如何？」洛菲琳知道他正觀察外面的情況。

天孜一笑。「偶爾有幾個人經過，應該是引渡人小隊的隊員，他們靈力不太高，只要我們小心行事就行了，加上白優聿和望月都不在，現在是最好下手的時機。」說完，他不忘調侃：「只要洛菲琳小姐把兩大箱的行李都收拾好了，我們就可以動手。」

洛菲琳臉上一紅，氣鼓鼓反駁。「我是估計不到逗留的時間有多久才多帶幾件衣服，前輩自己也不是帶了兩個大行李箱嗎？」

「我的行李箱裝的不是衣服呀大小姐，好，扯平，再說下去搞不好那兩人就要回來了。」天孜指了指上面。「白優聿的房間是在三樓右側第三間，望月在左側第三間，我們先去哪一間？」

「望月的。」

「ＯＫ。」天孜走了上來，按著洛菲琳的肩膀。「準備好了嗎？」

洛菲琳點頭，天孜示意她閉起眼睛，自己也隨著閉眼，一道細小光芒纏繞上二人的身體，咻的一聲，二人平空消失。

「可以了，睜眼。」話音再次落下，洛菲琳睜眼發現自己來到另外一間房，天孜逕自翻找主人的書桌。她連忙上前阻止。「別弄亂望月學長的書桌，他最不喜歡別人弄亂他的東西。我來搜查就好，前輩你去把風。」

「好。」天孜走開，大剌剌坐倒在床上，氣得洛菲琳一把拉起他。

「前輩！把風應該站在門口！你瞧，床單被你的鞋印弄髒了！望月學長不喜歡別人弄髒他的東西！還有你隨隨便便坐在人家床上是怎麼回事啊？」

「真委屈，我是做了什麼不可饒恕的事情嗎？」

「望月學長倒也算了，要是聿的話，他會抓狂。待會兒到聿的房間，你千萬別亂碰他的東西，別弄髒他的東西，不然比望月更龜毛的他會發瘋的！」

「……噢。」

若有所思的天孜打量她，卻被她趕去一旁。「現在去門口站、著、把、風！」

洛菲琳的封印能力是穹光之眼，能夠看透一切事物留下的痕跡。這次她被奕君授命來到莫羅多城暗中調查白優聿和望月這對拍檔，為了讓事情進行得更順利，奕君派了身為教廷騎士團一員的天孜喬裝成她的表哥，當她的支援。

教廷已經開始懷疑修蕾和總帥與十三年前的伊格背叛事件扯上莫大關係。

『他們必定在暗中策畫著一些東西，雖然我們無法從修蕾或是洛廉身上查出端倪，但我們可以從望月和白優聿那兒下手，我希望妳這次可以從他們身上找出蛛絲馬跡。』這是奕君在她出發前吩咐她的話。

根據奕君的說法，望月是修蕾的愛徒，白優聿則是總帥洛廉的愛徒，二人被編作拍檔之後每每遇上的任務都與蘭可有關，而蘭可當年正是伊格背叛事件的關鍵人物，所以只要她跟在這對拍檔的身邊，她就有可能找出端倪。

但……她覺得白優聿和望月不似壞人，她親眼見識過這對拍檔為了拯救亡魂克羅恩的拚命，能夠為了不相識的人賭上生命的人不應該是壞人。

「洛菲琳，回神啊。」天孜在她面前揮手，她這才發覺自己失神了，連忙清咳一聲掩飾尷尬。「知道了啦，前輩你別擋我的視線。」

天孜一動不動，盯著她。「洛菲琳，友情提醒妳一下，妳不是引渡人那邊的人，是教廷這邊的人。」

「前輩在說什麼啊……」洛菲琳不解，天孜前輩難得露出這種正經八百的表情。

「意思是，妳對白優聿和望月不該抱持對待朋友的心態。」天孜直接道破，他其實早就發現她的問題。「說不定不久之後的某一天，他們會是被教廷追緝的人。」

「你在說什麼嘛，奕君只是覺得他們是受到修蕾和總帥的指使辦事，並不代表他們該對十三年的伊格背叛事件負責，再說十三年前，聿和望月還是小孩子——」

「他們需不需要負責就交由中央大法庭來裁定。我只是想提醒妳一件事。」天孜打斷她，睨她一眼，「別在執行任務的時候投入私人的感情，否則妳的判斷會影響到任務。」

洛菲琳臉色微變，她握了握拳，咬牙反駁。「我才不是那種人！」

天孜雙手環抱盯著她，分明是在質疑她的說法。

她仰首，摘下鼻梁上的金框眼鏡。

「多說無益，眼見為實，就讓我的穹光之眼來看透這一切！」

一說完，她的褐色瞳眸漸漸轉換成金色，解開封印之後，她的雙眼可以看穿一切留有生命印跡的東西，包括望月在這裡留下的一舉一動。

就在她解開封印之際，門口突然傳來鑰匙插入鎖洞的聲音，她驚呆了。

「喀啦——」

某人推門而入的同時，天孜撲向她，二人的身軀頓時變得透明。天孜朝她比個手勢，示意她隨著自己的步子溜向牆角處躲起來。

率先進來的是一個高大的黑髮男子，黑髮男子扶著一個看起來很虛弱的少年，這兩人赫然就是白優聿和望月。

「你先休息，我幫你倒杯水。」

望月半瞇著眼，靠在床頭默不作聲，身體還在輕輕打顫，呼吸也略微急促，剛才劇痛到了極點的右臂此刻痠麻無力，他現在連伸指還是握拳的動作都做不到。

從來就沒想到自己會突然倒下，而且還是在白優聿面前。

不該被揭穿的祕密終究還是被揭穿了。

金髮少年露出懊惱的表情，水杯在這個時候遞過來，他別過臉，不想去瞧白優聿的表情。

「有沒有什麼想要告訴我的？」

受不了這種窒息般的沉默，白優聿率先開口，眼神穩穩落在明顯逃避的金髮少年身上。

「亡靈桎梏的傷痕是怎麼回事？尹諾斯剛才提及的伊格是誰？」

金髮少年按緊右臂，沒答話。

「傷勢都惡化成這個樣子了，你還是什麼也不打算說嗎？我是你的搭檔啊！難道我不足以讓你信賴嗎？」白優聿咬牙。

望月的右臂上出現一圈又一圈像是被繩索勒過留下的暗褐色傷痕。

那些傷痕已經布滿整條手臂，變得紅腫難當，難怪當事人痛得唇色一片灰白。

這些被稱為「亡靈桎梏」的傷痕一開始會依附在人的皮肉上，逐漸蔓延至整個身軀，整個過程會讓傷者痛苦不堪，這是帶著極深怨恨離世之亡魂留下的執念造成，內心搖擺不定的人比較容易沾染上執念，繼而出現「亡靈桎梏」的傷痕。

人類一旦出現「亡靈桎梏」的傷痕，總部將強制性將此人隔離並進行密切治療，否則等到傷痕蔓延至全身，此人的生命力也將殆盡。

引渡人歷史上從未出現過引渡人被惡靈執念沾染的例子，因引渡人本身擁有象徵聖潔的封印，就算在任務中沾染到執念也能夠輕易將之淨化。

但此刻，望月惡化到如此程度的「亡靈桎梏」傷痕就擺在白優聿眼前！這種傷勢不能再拖延下去。

白優聿很快有了決定，他不再理會沉默的金髮少年，轉身走向門口。

「你去哪裡？」身後的金髮少年發現他的異樣，終於揚聲問著。

他回首，微瞇眼。「去通知總部，順便通知梵杉學園，要他們立刻辦理手續讓你接受『雲吹』的治療。」

「雲吹」隸屬於總部三個分設之一「亦輪」的一個小組，裡面有十人，每一個人擁有高超的醫療能力，相信他們能夠治療好望月身上的「亡靈桎梏」。

「不可以！」金髮少年想也不想就高聲拒絕。

「我不是在徵求你的意見。」

「白優聿！」金髮少年突然跌跌撞撞上前，揪過他。「我不能讓修蕾大人知道這件事！」

白優聿因為對方的堅持而怒瞪過去，望月鬆開手，搖頭。「我清楚自己的身體狀況，今天會出狀況是因為我忘記施下淨化咒……算了，我不想解釋，總之你不需要操心。」

「淨化咒有屁用嗎？」白優聿不禁火大。「有病就要治療！治療這種病必須找雲吹的人！如果那個狗屁的淨化咒有效，你剛才就不會差點丟命！」

這小子剛才脫力暈去、幾乎窒息而死，完全是因為「亡靈桎梏」已經逐步侵蝕他的生命力！要不是尹諾斯救醒他，這小子就這樣和世界說拜拜了！

「這一個月來我都是這樣，現在還不是活得好好的！」望月提高音量，但隨即虛弱地搖頭。「我不需要雲吹的治療。」

「一個月？」白優聿瞠目，隨即咬牙。「你……你掩飾了病情一個月，要不是今天倒下，我是要等到你嚥下最後一口氣那一刻才知道真相嗎？」

「說與不說，沒分別，我的事不需要你過問。」望月寒著一張臉。

「我有可能不管嗎？難道你要我看著你死也不要管嗎？」白優聿滿腔怒火地大吼：「我

現在通知總部——」

甫說完，他再次被金髮少年揪過，迎上少年憤怒的眼神。

「我說不准！我絕對不能讓修蕾大人知道這件事！」

「給她知道又會怎麼樣？我真不明白你在堅持什麼！」白優聿暗罵一句混蛋，反揪過他。

「修蕾要是知道你刻意隱瞞的話，她一定會很擔心——」

「不會的……白優聿，你應該很清楚引渡人沒可能沾染上亡靈的執念。」望月的眼神變得黯然。「沾染上執念者，只有內心搖擺不定與充滿恐懼的人。」

「你……」白優聿蹙緊眉頭。

「我雖然不想承認，但我的確因為內心的搖擺不定而沾染上執念，修蕾大人不喜歡弱者，我……不想她視我為弱者。」所以他不能讓修蕾大人知道這件事。

白優聿咬牙切齒。「就因為這個原因？到底是你的性命重要還是修蕾對你的看法重要？」這小子的想法完全不正確！

「我不需要你明白我的想法！」望月推開他，冷冷回話：「這是我的事，死活與你無關，還是你擔心現在的我會拖你後腿？」

白優聿瞠目，說不出話。

望月背對著他，靠在床榻上，一言不發，沉默地宣告著談話的結束。

那抹纖瘦的背影寫滿排斥，看起來格外的孤寂。

白優聿很想捉過那個臭小子狠狠吼罵一頓，但轉念一想，他這麼做還是無濟於事。

他需要冷靜。同樣的，望月也需要冷靜的空間。

伸手打開門，白優聿回首深深看了一眼，這才離開，門關上的同時，金髮少年挺直的背脊抖動了一下，隨即他一拳擊在牆壁上，低咒一聲該死。

隱身躲在牆角的洛菲琳怔怔地看著神情哀傷的望月，除了震驚以外還有深深的難過。

夜風拂過，捲起地面上的落葉。

白優聿望著夜空，心情一如此刻的夜空暗沉。

這是我的事，死活與你無關。

還是你擔心現在的我會拖你後腿？

真是不負責任的說法……這個臭小子。

從開始搭檔到現在，他和望月渡過不少生死難關，雖然嘴裡不願意承認，但在他心中，他已經把望月視為重要的夥伴。

可是這一個月來，他完全沒注意到重要夥伴出現問題，他只顧著埋首於搜尋和蘭可有關的資料，希望儘早能夠找到害死臻的仇人。

結果，蘭可的行蹤依然不明，望月卻出事了。

他由始至終都不是一個稱職的拍檔，無論是之於臻，抑或是之於望月。

「聿，原來你在這裡。」

白優聿抬首，一個出乎意料之外的美麗女孩出現在他面前。洛菲琳對著他輕輕一笑，笑容有些生硬，但處於欣喜激動的他完全沒注意到這一點，跳起來緊緊握過她的手。

「洛菲琳！妳怎麼來了？我不是作夢吧？」

「因為我聽說你和望月學長在這裡，想說來這裡探望你們，所以就跟來了。」

「太好了！我每天都在想念妳呢！對了，剛才潘派人通知說有人找我，我一時忘記了，沒想到那人就是妳！」白優聿笑得眼也瞇成一條線。「吃過晚餐了嗎？住哪裡？這次是妳自己一個人過來莫羅多城？」

「我不是一個人……」說到這裡，洛菲琳轉身，白優聿循著她的目光瞧去，這才發現不遠處站了一個少年。

少年擁有一張漂亮的臉蛋，錯看之下讓人幾乎以為他是一個女生。他安靜地站著，默默盯著洛菲琳。

「這是我的表哥，天孜。」洛菲琳介紹的同時，少年走了上來，朝他伸出手。

「你好，你不介意鬆開我表妹的手，和我友善握手吧？」

「呃……你好，我是白優聿。」

白優聿鬆開女孩的手，轉握上少年的手。少年一笑，重複千篇一律的自我介紹。「嗨，你好。我目前的正業是遊手好閒的富家少爺一名，興趣是周遊列國結識新朋友，因為聽說洛菲琳想過來莫羅多城找同學，所以我閒來沒事做跟過來想結交新的朋友。」

說畢，天孜收緊握手的力道，直接喚他的名。「聿，你不介意我成為你的新朋友吧？」

「不介意。」奇怪的表哥，對方的笑容像是隱藏了一絲挑釁的意味。

「天孜表哥，你不是說想出去逛一逛嗎？」洛菲琳清咳一聲，微笑看向天孜，眼神隱含暗示：「你自己去逛吧，我想和聿在這裡聊一聊。」意思就是有你在這裡會阻礙到我問話啦！

「我不想逛街了。」天孜一攤手。「不過，我正打算去休息。你們記得談天就好了，別在花前月下做出羞羞臉的事情喔！小表妹要小心別被大野狼吃了！」

「你開始說夢話了！去睡吧天孜表哥！」

「純粹開玩笑，聿你別介意，很高興認識你。」

一說完，在洛菲琳氣鼓鼓的瞪視之下，天孜一溜煙落跑。洛菲琳陪笑道：「聿，天孜很喜歡開玩笑，你別介意……」

她說到一半就說不下去了。白優聿的笑容還在，但他的眼神寫滿戚然和擔憂。

如果她今天沒有隱身於望月學長房間的話，她不會知道這對搭檔正面對著艱巨的考驗。

出現「亡靈桎梏」傷痕者必須及時接受治療，不然他們會逐漸步向死亡。望月直到現在還不願意接受治療……

問題是，她所認識的望月學長向來堅毅，他怎麼可能會染上亡靈的執念？

這個問題應該誰也想不通吧……她凝睇明顯在擔心的白優聿。

「聿，上次的傷勢好了嗎？」不敢再想下去的她甩去這個想法，小心翼翼開口問著另一個問題。

「好了。」白優聿嘴角一勾，笑得牽強。

「奕君，呃，我的意思是奕老師，他告訴我你和望月在莫羅多城遇上蘭可這個人。」還有那場驚心動魄的激鬥，當然這一切都是奕君派來的兩個探子，穆邏和天孜傳達給她知道的情報。

洛菲琳輕嘆。「望月學長呢？他好嗎？」

「還好。」目前為止還好吧。他不自覺的苦笑。

為了不讓修蓄視他為弱者，那個笨小子寧願選擇單獨承受所有的痛苦，再這樣下去遲早會出事。

「聿，你好像心事重重的。」洛菲琳其實明白他正在擔憂。

「沒事，只是累了。」

「總部還沒有捎來蘭可的消息嗎？」她嘗試問著她想知道的事。

「沒有，蘭可的事情一點進展也沒有。」再加上望月的事，即使累了一整天，白優聿還是無法入眠。

「放心吧，壞人一定難逃法網，我們必能把他逮捕歸案，還受害者一個公道。」看到他這種表情，心有不忍的洛菲琳盡可能說著安慰的話。

白優聿應了一聲，不禁想起一個月前和蘭可的一場惡鬥，即使他後來成功解開封印，蘭可依舊獲得壓倒性的勝利。

那個男人當年是前任總帥梵德魯的徒弟，是當年最強的引渡人。今日的他即使被總部強行撤除封印，他還是擁有不容小覷的實力。

下一次的碰面，己方真的可以獲勝嗎？如果他和望月可以練成「心靈共鳴」的話，他們或許有把握，但現在的望月……

「別這樣，我認識的聿不是容易沮喪的人。」洛菲琳在他身邊坐下。

「洛菲琳，最近發生了很多事。」突然很想找個人說話的白優聿悄然握拳。「直到現在，蘭可依舊行蹤不明，他就像是影子，躲在暗處等候攻擊，我們每一次只能被動的等著他的出現。」這讓人感覺糟透了。

「一定會有辦法的，總部還有許多厲害的前輩……」

「如果他們早有辦法，那些無辜的人就不會變成受害者。」白優聿扶額。「再加上望月……我已經很努力了，可是我想他和我是那種天生不對盤的人。」

「你們的確是天生不對盤的傢伙。」洛菲琳點頭，然後一嘆：「不過，再怎麼不對盤都好，你和望月學長還是會在緊急關頭拉對方一把，從未試過放棄對方，不是嗎？」

「妳把我和他的關係形容得有點奇怪……」

「不會啊。」洛菲琳輕笑，回憶起不久之前的片段。「我永遠記得在海頓學園的時候，你和望月學長是如何把我救出來，是如何與蘭可的手下大戰，你們肩並肩奮戰到底的背影，我是不會忘記的。」

白優聿斂眉，思忖她所說的每一句。他也沒有忘記在海頓學園一戰中，望月緊緊拉住失去理智的他，奮力喚醒他的那個畫面。

那個臭臉的小子平日雖然面惡、擁有暴力傾向兼喜歡說一些打擊他士氣的話，但對方從未在緊急關頭扔下他讓他自生自滅。

其實他很早就知道望月是一個嘴硬心軟的少年，是洛菲琳提醒他這一點，白優聿苦笑搖頭。

洛菲琳還想說些安慰他的話，他卻抬頭對著她一笑。「抱歉喔，洛菲琳，本來妳第一次來到莫羅多城，我應該陪妳四處逛一逛，現在反而要妳在這裡陪我、安慰我。」

「如果我的安慰可以讓你好過一些，我不介意繼續陪著你。」洛菲琳嫣然一笑。

胸口微熱，某股暖意沁入心口，白優聿微笑點頭，內心的積慮似乎緩解不少。「洛菲琳，妳除了樣子長得美之外，還是一個溫柔體貼的女孩，能夠成為妳的另一半相信是一件幸福的事情。」

「什麼嘛……突然說這些。」洛菲琳臉上一紅，發現他是真心讚美而非調侃之後，不禁笑罵：「望月學長一不在身邊，你的老毛病又發作了！來了莫羅多城這麼久，聿想必已經和在地的美女姐姐們混得很熟了吧？」

「哪有啊！沒想到我在洛菲琳心中是這種玩世不恭的男人。」白某人一臉哀怨。

「你本來就是！」她故意這麼說。

意外的，本應該歇斯底里否認到底的白優聿瞇起眼，好半晌才輕聲笑說：「嘿，我是認真的，有妳這個朋友真不錯。」

這一下輪到洛菲琳怔住，聿說她是一個很不錯的朋友，但，他並不知道她其實是奉教廷之命潛伏在他身邊的探子……

「聿，你太誇讚我了。」她搖頭，雙手悄悄擰緊衣角。

「那不是誇讚，是我的真心話。」身側的男人一笑。

她有些窘迫地維持著笑容，暗自慶幸今晚的夜色太深，這才不會讓白優聿察覺她的不自在表情。

白優聿沒再說話，凝望夜空，再次跌入自己的沉思中。

尹諾斯說過，只要他能夠用自己的聲音喚出望月的封印，再讓望月承接「聖示之痕」的力量，他就可以救活望月。

如果望月堅持不接受雲吹的治療，尹諾斯說過的話是唯一的方法。

就算他知道這是一件不可能的任務，但為了自己的拍檔，他必須挑戰。

打定主意之後，他豁然開朗，正想再次感謝洛菲琳的陪伴，劃破長夜的叫嚷聲驀地響起。

CH4
襲擊與複製

「快！施下淨化結界！治療工作就在這裡進行！」

「是！」

「蒙特，帶其他人駐守在城市的入口！記住別引起居民的恐慌！」

「是！」

當白優聿和洛菲琳同時趕到大廳，他們不約而同倒抽一口氣。大廳內的各人紛紛露出憂心忡忡的表情，本是放在一旁的長桌被拖了過來，好幾人小心翼翼把一個渾身是血的男人抬起輕放在桌上。

一旁有人口中念出淨化結界的咒言，忙著下達命令的男人是莫森，現場雖然感覺得出大家的慌亂，但在他的喝令之下，各人開始按照吩咐去辦事。

「麗絲，治療潘隊長的工作就交給妳。」莫森深吸一口氣，看著躺在桌上的男人。

重傷的男人是駐守莫羅多城的引渡人小隊隊長——潘．希伽。

平時總會露出微憨的笑容，辦起事來卻精明不已，被一眾隊員視為靠山的剛毅男人此刻雙目緊閉，臉色灰白，臉上、身上盡是怵目驚心的鮮血。

「潘隊長怎麼了？」大吃一驚的白優聿來到莫森的面前。

剛才他回來的時候，這個男人還好好的，怎麼突然傷成這個樣子？

莫森握拳，露出自責的表情。「今晚本來是由安和我一起負責巡邏的，但隊長說我們累了一天，晚上的巡邏就交給他，我不該答應的，但他堅持這麼做，後來……」

一旁的安拍著莫森的肩膀安慰著自責得說不下去的拍檔。

「是惡靈的攻擊嗎？」洛菲琳同樣震驚。

「應該不是。如果是惡靈的話，警報會響，但警報一直沒響過。」

莫森搖了搖頭，隊裡最擅長治療的麗絲已經開始治療工作，只見微微的光芒籠罩了潘的身軀，昏迷的男人卻在這個時候噴出一口血。

「潘！」

「隊長！」

男人在吐出鮮血之後反而逐漸恢復意識，他露出傷後茫然的表情，無血色的唇瓣蠕動了幾下，俯在他嘴邊的麗絲仔細聽好之後立即低呼。「白先生！隊長在叫著你！」

白優聿連忙湊前，只隱約聽到潘說著。「……要……小心……」

「潘，你慢慢說，別急。」

「是他……也不是……小心……」

「他？誰是他？」

白優聿緊張追問，潘卻閉上眼睛，麗絲連忙施加治療術，示意佇立一旁的安過來幫手。

白優聿擰眉。再次昏迷的潘連續說了兩次「小心」，對方特地叮囑的背後到底有何含意？

警報未響，這說明潘的傷勢並不是惡靈造成，而是人為，難道是——

白優聿蹙眉沉思，身側的洛菲琳卻在這個驚呼出聲，他連忙看去。

安扒開了潘的上衣，露出對方胸腹上的傷口。

見慣傷者的麗絲一臉驚詫，安和莫森同時瞠目，驚呼出聲的洛菲琳此刻捂嘴，眼眶不禁泛紅。

那是很可怕的傷勢。

襲擊者所用的武器相當特別，造成斜砍在胸腹前的傷口大幅度出血，傷口四周的皮膚組織也遭到損壞，皮肉往外掀開，血淋淋的甚為可怕。

白優聿不由自主踏上一步，他急欲確認某件事情般的伸手，在麗絲來不及阻止之下輕輕觸及那道可怕的傷痕。

下一秒，他被莫森粗魯往後扯開，後者怒吼：「你在幹什麼?·要是傷口有毒，你會死的！」

不……傷口沒有毒。

他沒有開口反駁，只是愣愣站在原地，無能為力的看著麗絲急著處理潘的傷口。

「聿！你沒事吧？」洛菲琳焦急地喚著他，他還是沒反應。

看到潘的傷勢之後，他比現場任何一人來得驚愕。

因為他見過造成這種傷勢的攻擊，而且很清楚那種攻擊的殺傷力有多大。

發動這種攻擊的是一柄長劍，劍柄處繫著五顆大小不一的銀色鈴鐺，長劍揮動的時候，鈴鐺會隨著擺動而敲出不同的聲音。

武器的主人向來動作快捷敏銳，使用長劍攻擊之際，鈴鐺往往響個不停，因此這人的攻擊被行內人稱為——舞動旋律，別人分辨不出鈴鐺碰撞之後響起的旋律意味著什麼程度的攻擊，但他可以輕易分辨得出。

武器主人最常使用的，也是威力最強大的攻擊是「蔓延」——造成傷口大幅度出血，傷口四周的皮膚組織也遭到損壞甚至使到皮肉往外掀開，癒合之後會留下看似燒傷、凹凸不平的疤痕。

白優聿摸著自己左邊頸項和肩膀位置的火傷疤痕。

這是當年他承受了「蔓延」這個攻擊之後留下的疤痕。潘身上的傷口和他當年所承受的一模一樣……

這個世上僅有一人懂得使用「舞動旋律」的蔓延這一招。可是，那人在三年前死了。

世上還有誰會使出這一招？是誰？

「在哪裡？」白優聿驀地揪過莫森，激動喊著：「潘是在哪裡遇上襲擊者？」

「在……南區的大街。」

一鬆開手，白優聿飛也似的奔出，他要找到這個襲擊者！這個該死的、只懂得模仿別人招數的襲擊者！

他絕對不容許有人在「她」離世之後，冒充她的名號做出襲擊自己夥伴的事情！

他不會放過破壞臻名譽的襲擊者！

南區大街入夜之後變得冷清，加上一個月前發生過「赤色聖環」事故，大家為了安全起見，入夜之後紛紛打烊，街道上連一個行人也看不見。

白優聿咬牙，跑得喘氣的他四處張望，急著揪出冒充臻的招數、借著「舞動旋律」這個名號攻擊夥伴的襲擊者。

颼颼冷風颳過他的臉頰，無星夜空下只有白優聿一人。

他不忿地四處找尋，卻一無所獲，倒是身後響起腳步聲，好幾個人追上他的腳步。

「聿！聿！」其中一人是洛菲琳，少女連連喊著他的名字，一追上就是緊張地斥責：「你到底想幹什麼？自己一人跑來這裡，大家都在擔心你啊！」

他怔怔看著她，眼神中的哀傷讓她擔心地握過他的手。

「我出來幹什麼？我出來就是要找到該死的襲擊者！」他甩開她的手。

他的手是冰冷的，眼神哀傷中透著強烈的恨意，洛菲琳說不出話來。

「你連封印也解開不了，要是真的遇上襲擊者，隊裡只會再添一名傷者！」莫森冷聲喝斥：「你現在僅是一個見習引渡人，立刻回去！我們會處理這件事！」

「這件事不僅是你們的事！那個襲擊者……該死的冒充者！我非要找到他不可！」他大聲反駁。

莫森的臉色變得難看，他沒時間和這個突然發瘋的男人胡扯下去。「烈！安！把白優聿拖回去！派人守住他別讓他出來涉險！」

「你們——等一下！你們沒權力這麼做！你們根本不知道襲擊者是——」

「夠了，白爛人！」

一聲清喝，正與小隊隊員拉扯的白優聿停下動作，瘦弱的金髮少年走了上來揪過白優聿，他剛才跟在眾人身後，選在這個時候現身，洛菲琳頓時鬆了一口氣。

「跟我回去，別再為前輩們添麻煩。」

望月的語音還是一樣的冰冷，不過白優聿把少年臉上的疲累看得分明，他知道這個時候少年是在硬撐的情況底下追上他的步子。

腦子在這個時候稍微清醒了，白優聿停止了堅持與掙扎。

「別鬧了，走。」望月說著。

美麗的湛藍瞳眸中有著無奈，彷彿和他記憶中同樣美麗的湛藍瞳眸交疊了。

回憶，是已逝者留下的思念，也是已逝者留下的懲罰。

那一天其實下著雨，他記得自己抱怨著那個女人為什麼要他在雨天出門買東西，但他還是去了，因為他沒一次拗得過那個女人。

當他回到家中的時候，他收到總部的指令，城市以南處的地方出現惡靈，等不及他回來的那個女人率先趕去現場。

當時他以為憑那個女人的封印能力，等到他趕到現場的時候，女人說不定已經把惡靈收拾乾淨，並在現場等著嘲笑遲到的他。

事後，他深深後悔自己當初沒能夠早一些趕到現場。

城市以南處的一個小鎮出現惡靈，在他趕到現場時，他一隻惡靈也沒看見，只發現女人跌坐在地，神情茫然地看著他。

一個男人在她耳邊低語，在他衝上之際，男人極快隱入黑暗失去蹤影。

他要拉過女人的同時，肩膀一陣劇痛，大片的鮮血濺落。

她彷彿變成另外一個人，攻擊專注在他身上，一心一意要拿他的命。

一劍又一劍，刺入他身軀的痛意蔓延；一次又一次，致命的攻擊落在他身上，流落在地的鮮血和雨水攙和，成了可怕的血色。

白優聿不想反擊，即使知道自己不反擊的下場是死在她手上，自己還是沒反擊。

直到她開始攻擊路過來不及逃走的無辜居民。

他已經忘記了自己是怎麼制伏她的，只記得她安靜躺在自己的懷裡那一刻，鮮血染紅了身上的衣衫。

他哭喊著，嘴裡念著所有他認為有用的治療咒言，卻只能看著她逐漸失去聲息。

「我不接受！我不會讓妳死！」

「聿……至少我們兩人之間還有……一個可以活下去。」

她虛弱地看著他，顫動的唇瓣呈現可怕的灰白色，努力拼湊一句完整的話。

「可以代替死去的對方活下去……那就足夠了……」

「不！我不要代替妳活下去！我們兩個要一起活下去！」

他激動大喊，頰畔的淚水攙和著血水滴落在她慘白的臉頰上，她的唇瓣微微動了一下，終究還是沒說出話，閉上了眼睛。

天空仍舊下著微微細雨，她走了，從此以後他不會再有機會知道她未說完的話。

他不記得自己抱住臻多久，也不記得自己聲嘶力竭地哭嚎著什麼，唯一清晰意識到的是……恐懼與悲慟。

溫熱的軀體逐漸變冷，滴落的血逐漸乾涸，周圍只剩下他一個人沉重的呼吸。

那種叫做死亡的感覺很可怕。

就算過了三年，這可怕的感覺依舊清晰如昔。

「白優聿！」伴隨一聲低喝，某人攫過他的肩膀用力一晃。

痛楚漫開，白優聿愣愣迎上望月有些憤怒、有些緊張的古怪眼神，這才發現自己恍神了。

他眨著有些發痠泛紅的眼睛，抬頭看著眼前的人。

洛菲琳咬緊下唇，擔心地看過來。那個多事的洛菲琳表哥不知什麼時候也出現了，一副等著看好戲的表情。

「幹什麼？」他莫名地生氣起來。現在是怎麼回事？大家把他當成愛闖禍的小孩子嗎？

「你的腦袋到底是裝了什麼？雜草嗎？明知道襲擊潘隊長的人不容易對付，你還要獨自闖出去！如果你想找死的話就別挑我在的時候，這樣只會為我添麻煩！」

「我的腦袋裝雜草？是！你說得對極了！那麼你任由我自生自滅好了，為什麼找我？」

「好了，發生這樣的事情每個人都很難過，別再互相指責了！」之前處理過不少類似場面的洛菲琳試圖控制火爆的場面。

黑髮男人咬牙不語，坐回原位，金髮少年也在一聲冷哼之後走去一旁，洛菲琳這才鬆一口氣。

接下來該怎麼辦呢？她憂心忡忡地看著兩個臉色同樣難看到極點的男人。天孜卻在這個時候向她打了一個眼色，意思大概是叫她出去談一談。

她仔細想了一想，有了決定。「我和天孜先出去，你們冷靜下來之後再好好溝通。」

二人離開之後，氣氛再次變得近似詭異的寂靜。

望月挨向一旁，按緊陣陣生痛的右臂，額頭沁出了汗珠，就算痛極也不哼一聲。

白優聿斜眼睨著，看得一清二楚，他本想二話不說奪門而出，但看到金髮少年痛得臉色慘白的樣子，他無法狠起心腸離開。

他知道雖然少年嘴裡說著不饒人的說話，剛才少年是不顧自身傷痛追上他的腳步。如果少年不是擔心自己出事，少年不會追上他，更不會在憤怒之下口不擇言。

「對不起。」想清楚這一點之後，道歉自然而然逸出。

少年還是不語，但僵直的肩膀略鬆了，好一下才開口：「你為什麼追出去？」他指的是白優聿不顧一切衝出去找襲擊者一事。

好幾個念頭在白優聿腦海一閃即逝，其中包括他想對望月隱瞞、隨口扯一個謊言的念頭，但敏銳的少年很快發現到他的猶豫，清澈湛藍的瞳眸投望過來。

白優聿的謊言哽在喉間，他無法對著同樣擁有湛藍瞳眸的主人說謊，看著望月會讓他想起已逝的臻。

所以，他握緊拳頭。「我看過了潘身上的傷口，發現那道傷口是一種我所熟悉的攻擊造成。」

「你知道襲擊者是誰？」望月一臉震驚。

「不。」他搖頭，嘗試用簡單的說法來解釋。「襲擊者的身分仍舊不詳，但我知道襲擊者所使用的攻擊招式。」

「你知道？」

「那一招的名字叫做蔓延，傷口會大幅度出血，四周的皮膚組織遭到損壞致使皮肉往外掀開，癒合之後會留下看似燒傷、凹凸不平的疤痕。」說畢的同時，白優聿來到望月的面前，扯開自己的衣襟，露出左邊脖子以下一大片焦黑凹凸的疤痕。

望月不禁瞠目，他看過白優聿身上的傷痕，但這個時候看在眼裡還是忍不住覺得有些可怕。

「這是我的前任拍檔，臻．米露費斯留給我的傷痕。潘身上的傷口和我當年的傷口是一模一樣。」白優聿深吸一口氣，一字一句說著。

「也就是說，襲擊者透過複製臻的招數向潘發動攻擊。」

◐ ◐ ◐

「不明襲擊者複製已逝墨級引渡人的招數，向莫羅多城的引渡人小隊隊長發動攻擊。」

會議廳內，安、莫森和其他幾位資深的隊員眉頭深鎖，他們正與來自總部的調查員討論潘隊長無故被襲擊一事。

這是事發後的第二天，總部採取的應對比大家想像中來得快，才花了一天的時間，總部派出調查員過來協助大家面對此次的突發事故。

「白優聿，你肯定那是臻．米露費斯慣常使用的招數？」發言人正是此次的調查員——索拿．伍斯。

索拿．伍斯，代號「斷刃」，是總部十四位墨級引渡人之一，這次被委派前來莫羅多城足以顯示總部對此事有多關注。

「是的。」同樣在場的還有白優聿和望月這對見習中的搭檔。白優聿點頭。「雖然我沒和襲擊者碰面，但按照潘身上的傷勢看來，那是臻的招數。」

索拿沉吟了一下。「這世上竟然有人能夠複製已逝墨級引渡人的招數？」

這世上確實存在著複製他人能力者，但據他所知，複製他人能力者雖然能夠完美地複製出他人的能力，但受限於他們天生的靈力，他們往往只能完美複製等級較弱的攻擊。

若要複製出墨級引渡人的招數，他們必須具備強大的靈力，就算如此，他們也決計無法完美地釋出這種程度的攻擊，因為每一位墨級引渡人的攻擊招式都是獨特的，並不是他人能夠輕易掌握。

索拿對白優聿的話產生懷疑，但黑髮男子篤定的神情不得不讓他開始相信世上有人可以複製出墨級引渡人的招數。

如果此事屬實，那麼攻擊潘只不過是一個小小的開端。能夠複製出如此強大招數的那人，目的絕對不止那麼簡單。

他必須謹慎處理此事，先向「頂級上司」彙報再作決定。

「這件事先別傳出去。安、莫森你們留下吧，我要和你們商量接替潘工作的事情，其他人可以解散了。」

於是，事情很快被掩蓋下來，只有來自總部的調查員和隊中幾位資深的隊員知曉。

白優聿和望月心事重重地離開會議廳，洛菲琳迎面跑了過來，她剛剛聽說他倆被傳召進去參與會議，擔心之下一路直奔過來。

「怎麼樣？總部那麼快就派人過來了？說了什麼？」她拉住白優聿。

望月睨她一眼，率先開口：「那是閉門會議，裡面說過的話不能讓未參與的人知道。再說，妳緊張些什麼？」

「我……只是在擔心你們。」洛菲琳被他一陣搶白，不禁語塞。

「抱歉，洛菲琳，不過總部派來的是索拿，有那人在應該不會有問題。」白優聿經望月提醒，同樣三緘其口。「妳去探望了潘嗎？」

「沒有。剛才我要進去的時候被麗絲阻止了，她說總部派來了雲吹組的人，正在為潘治療。」洛菲琳睨了一眼他們身後的會議廳大門。

三個男人從裡面走出來，其中二人她認得是安和莫森，走在最前面的是一個身材健碩皮膚黝黑的光頭男人，右耳垂上掛著一個手工粗糙的金環，看起來並不像是飾物。

眼力奇佳的她也發現到男人襟口處別著的黑色徽章——那是墨級引渡人的徽章。

這個光頭男人是白優聿說的索拿？

「雲吹的人來了？」白優聿頗為驚訝，暗自有了打算，他拉過偷偷打量的洛菲琳。「洛菲琳，我們先去探望潘，順便和雲吹組的人打個招呼。」語畢的同時白優聿瞄了一眼望月。

金髮少年依舊面無表情，並沒有表示反對，只是遠遠跟在他和洛菲琳的後面。

他們來到醫療室，麗絲正在和裡面的人交談，看來治療工作已經完成了。

「潘隊長的血壓已經恢復正常，傷口也淨化成功了，接下來要注意的是傷口引起的發燒症狀。不過請放心，在潘隊長甦醒之前，我都留在這裡看著。」

「好的，謝謝你。」

「不客氣。」

麗絲鬆了一口氣，轉身關上門的同時發現到他們三人。「你們來探望潘隊長嗎？現在可以進去了，不過別逗留太久，潘隊長的傷勢剛剛穩定下來，需要休息。」

白優聿點頭，洛菲琳已經上前打開了門。

「麗絲，還有什麼事——咦？」裡面的人輕咦一聲，看清對方長相之後的洛菲琳同樣驚愕。「是你！」洛菲琳低呼。

那人走了上來，站在門檻處，笑臉吟吟看著三人。一頭飄逸銀亮的髮絲束起，背光之下泛著淡淡銀光，柔美的臉龐上有著熟悉的笑容。

「我們又見面了，洛菲琳，望月，聿。」

CH5

言與聲音

「……路克？」

「我這次是以雲吹一員的身分來到這裡，事前太過緊急，沒來得及通知你們。」這句話是對白優聿和望月說的，路克轉向洛菲琳一笑。「洛菲琳，好久不見，最近好嗎？」

洛菲琳愣愣不知該如何反應，望月微訝地看著對方，只有白優聿輕嘆一聲，說幾句讓大家摸不著頭緒的話。

「真是的，雲吹怎麼派你過來？他們真的那麼缺人嗎？噴火怪物沒跟來？」

路克絲毫不以為忤。「喬有其他的事情要忙，我們暫時拆夥，所以我現在重新隸屬雲吹一員。」

「是這樣喔。」白優聿無所謂的聳肩。「不過既然雲吹派來的是你，我可以毫無顧忌地拜託你一件事。」

「咦？聿有事要拜託我？」

「之後再找你談。」白優聿比個手勢，看向床上依舊雙目緊閉的潘。「潘他沒大礙了吧？」

「傷勢總算穩定下來了，不過應該沒那麼快甦醒。」路克示意他們走去另一旁談話，免得打擾潘的休息，這才續道：「襲擊者沒下重手，不然潘就沒命了。」

拍檔二人組不由自主握緊拳頭，洛菲琳默不作聲盯著路克。

「那人懂得複製臻的招數。」白優聿好半晌才開口。

路克點頭，一點也不意外。在他看到那種程度的傷勢之後，他已經發現了。眼下最重要的是，「襲擊者是誰這一點，有頭緒了嗎？」

「沒有，狐狸總帥派了索拿過來調查。」

「『斷刃』索拿・伍斯？」

「是啊，怎麼了？」察覺到路克的表情有些怪異，白優聿不禁好奇。

「沒什麼。」路克一笑，轉開話題。「對了，洛菲琳怎麼也來到莫羅多城？」

「我和表哥一起過來這裡探望聿和望月學長。」洛菲琳的態度變得有些不自然。

「原來如此。」路克突然來到她面前，拍了一下她的肩膀，她明顯一驚，硬生生止住要推開他的舉動，這一切讓路克看在眼裡，望月也察覺到她的不妥。

「我接下來有重要的事情要和聿他們商量，雖然這樣做很失禮，不過我可以請妳先回去嗎？抱歉。」

「不要緊，我……先回去。」洛菲琳臉色變得有些難看，點頭之後離開。

等到治療室的門關上，路克開口問著。「你們告訴她了？」

「告訴她什麼？」

「我和蘭可是兄弟這件事。」路克輕描淡寫地說著，二人臉色卻微變。

白優聿吁了一口氣，背靠向牆壁。他並沒有忘記這個驚人的發現，只是原本他也想裝作啥事沒發生般面對路克，但對方竟毫不避諱地說出這件事。

「我說錯話了？」路克無辜地眨眼。

「沒，只不過很煞風景就是了。」尤其當他聯想到路克是他仇人的弟弟，卻也同時是自己最親近的幾個朋友之一，他就覺得特別嘔。

「抱歉。我本來以為你見到我的時候會掉頭就走。」幸好聿沒有這麼做。路克沉吟：「難道是我多心了？可是我感覺到剛才洛菲琳真的想要窺探我的過去。」

一直不作聲的望月不禁挑眉。洛菲琳的封印穹光之眼，可以藉由眼神的接觸看透一切事物留下的痕跡，剛才她對路克的碰觸明顯感到緊張，莫非她真的如路克說的，想要窺探路克的過去？

「是你多心了。我們沒告訴洛菲琳這件事，知道這件事的人除了我們之外，誰也不在場，她怎麼可能知道這件事。」白優聿搖頭否認。「再說，就算你是那個人的弟弟，你還是你，是我認識的路克，我不會見到你就走的。」

路克揚起了笑容，眼神中有著感激，他睨向望月，後者也是頷首，他終於寬心了。但，現在還有一件事讓他十分在意的。

「剛才礙於洛菲琳還在場，所以有一件事我不想讓她知道。」路克的表情凝重，放低聲量。「『斷刃』索拿．伍斯並不是在總帥的指令下來到這裡。」

「什麼？」二人異口同聲，銀髮男人立即示意二人放輕聲量。

「我不清楚到底發生什麼事情。不過索拿在一個月前離開總部之後就失去音訊，所以總帥壓根兒沒機會對他下達指令。我沒料到他竟出現在莫羅多城。」

「難怪他來得那麼快。」原來索拿不是從總部過來的。白優聿支著下巴沉思。

望月問著：「有人知道索拿離開總部之後去了哪裡？」

「沒人知道，鑒於墨級引渡人向來不是以搭檔方式進行任務，所以沒人知道他的去向，大家還臆測以為他遇害了。」路克搖頭。

「墨級引渡人向來不是以搭檔方式進行任務？」望月挑眉瞅向白優聿。白爛人之前的拍檔不就是墨級引渡人嗎？

「當然，也有例外的時候，聿就是那個例外。」路克解釋。

望月點頭，再次睨向白優聿，後者聳肩並沒有解釋。他隱隱覺得奇怪，為什麼白優聿總是成為「例外」的一個？

失去封印沒被革除資格，反而被命令從見習引渡人開始學習；修蕾大人明知道他是重讀生，卻安排他和自己搭檔；總帥大人知道如果他不同行，白優聿就解不開封印，卻還是命令白優聿獨身前往莫羅多城找尋李斐特家族後人……

然後今天他從路克口中得知另外一個「例外」，墨級引渡人向來不以搭檔方式進行任務，臻．米露費斯卻「例外」的與白優聿組成拍檔。

為什麼白優聿身上總是發生許多「例外」？這些例外倒像是……別有用心的安排？

「雖然索拿的出現有些可疑，但我現在擔心的不是這一點。路克，我剛才說過想要拜託你一件事，那件事就是——他！」白優聿突然拉過望月的右手，正自沉思的金髮少年痛嘶一聲。

嘶啦——白優聿捲起少年的衣袖，不顧少年齜牙咧嘴的喝斥，他神色凝重地看向已經愣住的路克。

「請你一定要治好望月身上的亡靈桎梏。」

陽光輕輕灑在花園裡，沾著露水的小草在光的反射之下綻放出點點的金光。花園中心，男子雙手負在身後，仰望湛藍的天空。

這是他的世界，他喜歡白天的話，天空將是湛藍的、陽光將是燦爛的；若他喜歡夜晚，天空將變得灰暗，月光撒滿遍地。

在他的空間裡，一切隨他喜好轉變，也只有這個地方才能夠容納他這種人。

「蘭可大人，我做了一些小點心，你要不要試一試？」莉雅捧著一碟烤得微焦的巧克力餅乾過來，以充滿期待的眼神看著他。

蘭可轉身，銀色短髮在陽光下泛起淡淡光芒，從盤子中拿起一塊餅乾放入口中。

「好吃。」他點了點頭。

「真的好吃？可您還是皺緊眉頭，一個讚賞的笑容都沒有。」少女以苦惱的語氣說著。

蘭可緩緩勾起嘴角，俊美的容顏添了一絲柔意，笑容牽動了被髮絲遮去的右頰，躲在髮絲下的疤痕露了出來。

莉雅微怔，雖然她的笑容不改，但眸中多了濕意。

每次看到蘭可大人臉上的疤痕，她的心都會揪痛。那一塊被人硬生生剖挖下來的皮肉雖然早已癒合，但生長出來的皮膚凹凸不平，像是被頑童捏壞的泥娃娃。

他右半邊的臉毀了，一個俊美如天神般的人物從此變得半人半鬼。

不僅如此，他最引以為傲的職業斷送了，生命中的摯愛離他而去，他也因為受到引渡人總部的追緝，以致長年以來只能窩在永遠看不到陽光和月亮的地下室。

這裡的白天和夜晚僅是法陣產生的幻象。

莉雅無法想像蘭可大人在遇見他們之前，一個人是怎麼熬過這許多年的日子。

「別難過，陽光下的小天使。」

大手輕撫了一下她的頭，莉雅這才發覺自己失禮地看著蘭可大人落淚，她連忙拭去淚水，搖頭一笑，「莉雅才沒有難過呢！這是激動的淚水，因為今天莉雅可以陪在蘭可大人身邊，其他人就沒有這個福分！」

「小女孩，說謊不可愛。」蘭可睨她一眼。

「莉雅不小了！今年已經十五歲！」少女嘟嘴，「蘭可大人不能老是把莉雅當成是當年的十歲小女孩！」

「眨眼間就過了五年嗎？」時間過得真快。蘭可回憶著自己和這個小女孩相遇的畫面。

當時，他在一條晦暗惡臭的後巷發現還是一個小女孩的她。她懷裡抱著一株小小的豬籠草，蹲坐在角落哼著歌曲，等到他上前的時候，她沒有露出一絲的懼意，只是以澄澈大眼無辜地看著他。

她的臉上、身上雖然滿是傷痕，有些傷口甚至還化了膿，她卻不哭不喊，只說了一句話：

「他們說我是操縱花草的怪物喔，大哥哥不怕我嗎？」

語畢的同時，她還對他露出大大的笑容。

無懼的眼神和燦爛的笑容是他把莉雅帶回來的原因，一眨眼，已是五年前的事了。

「原來時間也可以過得這麼快。」他輕輕搖頭。

「莉雅早就長大了。」莉雅對蘭可大人把她視為小女孩這一點很有意見。「不止是莉雅，其他人也一樣！所以，蘭可大人以後可以信賴我們多一點，我們可以幫您分擔肩膀上的責任！尤其是對付總部那些壞蛋！」

蘭可默默凝睇少女，她確是出落成一個亭亭玉立的美少女，不再是記憶中躲在後巷的小女孩。

不僅是她，其他人也一樣。這些人不知不覺陪在他身邊已經有好幾年了。

當年收養了莉雅不久之後，他接著收養了一夜之間失去家人，也從此失明的琰，再接下來就是孤兒出身，被逼淪為地下組織殺手的青佐。

這些人都是被這個世界遺棄的一群，和他一樣，都是不被外面世界接受的人。

也許就因為有他們這些人陪在他身邊，失去伊格之後的日子才變得沒那麼難熬。

「你們已經出了不少力，現在暫時休息，毋需擔心引渡人總部那邊的事。」蘭可搖頭。「克羅恩的軀體已經到手，赤色聖環也已經到手，現在我們需要的是等待。」

「還需要繼續等待嗎？」莉雅小心翼翼問著。她深知眼前這個男人等了多久，也痛苦了多久。「伊格大人她……」

「她是一個比我更有耐心的人。她的靈魂沉睡了十三年都沒有放棄，猶在呼吸的我們還在意接下來的等待嗎？」

「但是莉雅不明白我們還要等什麼。」少女揑緊衣角。

「時機。」

他並沒有理會一臉不解的少女，逕自說著。「伊格留下一則預言，當黎明消失之時、當大地只剩黃昏與黑暗，世界的真相將被顛覆並步向摧毀。我現在等待黎明的消失，等待背叛光明者的到來。」

然後，伊格就可以徹底復活，他可以和伊格再次廝守到老。

背叛光明者？少女苦思了一下，還是搖頭。

「莉雅雖然還是不明白，但是——」少女輕嘆，眼神卻充滿堅定，「莉雅一定會站在蘭可大人身邊，直到生命的終止。」

她相信琰琰和青佐也是一樣。

「不會後悔？」蘭可微微瞇起眼睛。

「絕不後悔。」一輩子都不後悔，少女在心底補充了這一句。

她也是一直在等待，等待蘭可大人達成心願之後露出的真正笑容。

蘭可閉起眼睛，大手握住掛在脖子上的紫色水晶。

紫水晶裡頭，蘊涵著某種十三年來不曾放棄也不曾離去的力量。

那是他堅持至今的力量。

伊格，我就快辦到了，那句「把妳從輪迴之門的那一邊拉回來」不是虛言，妳聽到了嗎？

他感應著紫色水晶內的力量竄動，那是伊格的回應。

蘭可嘴角微勾，轉身看著少女。「莉雅，謝謝你們。」

少女笑了，眼眶卻微紅，朝他用力點頭。

蘭可再次仰望頭頂這一片虛假的天空，這是他看了長達十三年的天空。

只有在這裡，他們以自己的方式活下來，默默等著他們的女神甦醒過來，再以自己的方式讓外面世界的人認同他們。

不久之後，他和這些被遺棄的一群就可以光明正大踏出這裡，回到外面的世界。

就在不久的未來。

「冥銀之蝶，請給光明者指引的方向！」

中氣十足一喝，黑髮男子握緊雙拳盯著前方等待奇蹟的出現。

十秒之後……印象中華麗的銀翼蝴蝶漫天飛舞的盛況並沒有出現，黑髮男子早已累得滿頭大汗，但他還是沒放棄，深吸一口氣打算再喊出那句「言」。

這是白優聿第七十六次的失敗。

望月支著下頤，右手平放在桌上，手背上的冥銀之蝶封印還是沒動靜。

顯然的，即便是白優聿知道呼喚冥銀之蝶的那句「言」，對方的聲音依然無法喚醒冥銀之蝶。

封印，只接受主人的呼喚和差使，其他人根本無法驅動不屬於自己的封印。

包括白優聿在內。

也許白優聿說對了，那個叫做尹諾斯的天使是存心要弄他們。

既然如此，他真不明白黑髮男子為什麼還要堅持下去。

想到這裡，望月站了起來，拿過一瓶水擲過給白優聿，冷冷說著：「休息。」

白優聿微愕接過，「可是我不累啊。」

「你不累，我聽得累了。」望月睨他一眼，他渾身是汗，從早上到現在他都沒停下來休息，這樣他也不累嗎？

「噢。」意外的，白優聿沒有反駁，他擰開瓶子喝了一口水，「五分鐘好了，休息五分鐘之後再繼續。」

望月只是看著他，並沒有作聲。

「話說回頭，路克幫你施下淨化咒之後，感覺如何？」他偏首，剛好迎上望月略微奇怪的眼神。「怎麼？傷口現在痛？」

「感覺……好多了。」望月一下子適應不了他的關切，別過臉繼續裝酷。

「那就好。」白優聿輕輕點頭，打量少年背影的眼神多了幾分黯然。

那天當他請求路克幫望月治好亡靈桎梏的時候——

「聿，很抱歉，我無法徹底治癒望月的傷勢。」

「為什麼？你是雲吹組的組長！連你也治不好的話，有誰可以？」

「你先聽我說。在望月沾染上執念的時候，我已經為他淨化過一次了。但，那人的執念太過強大，我無法根除……」

「慢著！你的意思是你早就知道望月被亡靈栓梏糾纏的事情？」

「是的，很抱歉……如果出事的時候，我可以多加注意，望月就不會陷入危險，更不會沾染上伊格的執念。」

「這就是說上次望月隨同你出任務就出事了？這到底是怎麼回事，你的封印不是最強的淨化封印嗎？你上次可以拖延克羅恩墮落成為惡靈，現在卻連望月手上的亡靈栓梏都治不好？」

「對不起，這不是一般的亡靈栓梏。望月，你沒告訴聿，你所看到的夢境？」

望月等了好半晌才搖頭，路克一嘆，告訴了他事情發生的經過。

望月隨著路克回到禁錮伊格的舊城堡進行「回收」行動，卻意外跌入被封印的一扇門後並遭到了攻擊，當路克成功把他救出來之後，他身上也沾染了伊格的執念。

接下來因為伊格執念的糾纏，他不斷夢見伊格和蘭可在一起的畫面，手臂上也開始出現「亡靈栓梏」的傷痕。

伊格是誰呢？伊格是當年被總部下令軟禁的一個女人，據說她擁有預言的能力，總部因此判定她是一個足以威脅到大陸安危的危險人物，所以下令將她軟禁。

軟禁了長達一年之後，伊格身死，靈魂並沒有被引渡，而是從此不知所蹤，只在舊宅留下強烈的執念。

白優聿終於明白當天尹諾斯所說「伊格的執念」是怎麼一回事。

一如尹諾斯所言，這種執念造成的亡靈桎梏任誰也淨化不了，就連擁有「雲鯉之手」的路克也無法淨化。

在路克想出辦法之前，完成「呼喚」與「承接」並練成「心靈共鳴」是唯一的辦法。

「好，休息時間結束。」白優聿深吸一口氣，站起來。

不遠處的望月佇立原地，沒有配合他的意思，他不禁喚過對方：「望月……」

「為什麼那麼堅持？」望月突然開口。

「嗄？」

「明知道你的聲音無法喚醒冥銀之蝶，為什麼你還要繼續？」望月看著他。「路克沒辦法治癒我身上的亡靈桎梏，尹諾斯提及的方法不一定行得通。」

「不一定行得通，不代表行不通。」白優聿鬆著肩骨，做一做暖身運動，「另外，路克正在想辦法，他沒有放棄，我們更不能放棄。」

「比起這個，你有更想要做的事情。」望月瞇了瞇眼。「比如說，找到偷襲潘隊長的攻擊者。」白爛人應該比任何人更想親手逮到複製「舞動旋律」招數的攻擊者。

「索拿已經著手調查此事了。」

「你不想參與？那關係著你前任拍檔的名譽。」

白優聿打量了他一眼，突然搭過他的肩膀，「望月，你的話聽起來充滿醋意，你吃醋了嗎？」

「想死一次嗎你？」一個大拳伸到白爛人面前，後者笑著彈開，說了一句他意想不到的話：「我不會放棄每一個值得我努力的人。這是我堅持的原因。」

「呃……」突如其來的認真回答，讓望月接不下話。

「所以啊，即使機會再渺茫，我也是會努力堅持到底。」白優聿斂下眉，表情有些黯然。「因為我不想再嘗試失去的滋味了。」

望月抿了抿唇，嗤的一聲別過臉去低喃：「白爛人……你認真說話的時候總是讓人起雞皮疙瘩。」不過，他知道白爛人是在說真心話。

「那我不說了，我做給你看！」黑髮男子清咳一聲：「麻煩你的冥銀之蝶合作一點，聽到我的呼喚就出現好嗎？」

望月一記冷眼瞪過去，對方又要繼續之前毫無意義的呼喚了。都說了，即使他嘗試上千遍，冥銀之蝶還是不會因為他的聲音而解印，即便是他喚出那句正確的「言」。想到這裡，望月不由得好奇。

「喂，在失去封印之前，你解印的方法是有言則靈這個方式嗎？」貌似對方失去封印之後才改用以血解縛這個方式解印。

白優聿挑眉，「以前是的。」

他失去封印之後再也無法使用有言則靈的方式。

「你的那句『言』是什麼？」望月問著。

「別三八啦，我為什麼要告訴你？」

「嗯？夠種你再說一遍。」加重了語調，望月帶著警告的意味瞇眼。說他三八？

「就算說出來也於事無補，我現在要解開你的封印，不是解開自己的封印。」

「你先試一下，看能不能喚出聖示之痕？」好吧，望月承認自己很好奇白優聿的那句「言」是什麼。

「你別耍我了！這哪裡有可能？要是有可能，我需要淪落到借用你的血——不是不是，我沒有嫌棄你的意思，等一下！」白優聿高聲阻止打算動粗的望月，想到一個關鍵。「望月，你剛才提到了一個重點！」

「什麼重點？」拳頭在他面門前止住，望月示意他說下去。

白優聿按下他的拳頭，難掩激動地道：「要是我解開了封印，喚出冥銀之蝶的可能性會不會比較高？」

望月挑眉，他倏然想到了白優聿第一次解開封印之時的場景。

那個時候在艾特伯爵府迎戰血靈的時候，他的冥銀之蝶被解開封印的白優聿強制性遣退回他體內。一般來說，只有封印的主人才可以把解開的封印召回，但那個時候的白優聿卻辦到了。

如果白優聿的「聖示之痕」擁有壓制他封印的能力，那麼是不是同樣擁有呼喚他封印的能力呢？

或許，這真的值得一試。

望月不禁瞇眼盯著白優聿。

CH6 封印與主人

「這個地方應該妥當。夠僻靜，即使我們做出見不得人的事情，也不會被其他人發覺。」

「白爛人，我們在偷情嗎？把話說得那麼難聽，欠打嗎你？」

「我不是那個意思啦！我是說要是等一下解開封印之後我……如果失去自我意識，那些醜態也不會被其他人發現。」某人以委屈的眼神看向強勢的金髮少年。

「放心，如果你醜態畢露的話，我會在你甦醒之後好好教訓你。」

「嗚嗚……」

現在的地點，是引渡人小隊宿舍南面的練習室，這平時都是給隊員們作為團體練習的場所，但現在小隊因為潘隊長一事而加緊巡邏和守衛，誰也沒時間來這裡練習，於是這裡變成了白優聿和望月的練習場所。

「這裡雖然是練習室，但你待會兒也給我適可而止一點，別毀了小隊的建築物。」望月冷聲警告。

「知道了。」白優聿握了握拳。有一些事情他並沒有告訴望月。比如說，當他解開封印之後，他開始逐漸恢復自我意識，並記得解印當時發生的一切。

「準備好了就來吧。」望月伸指在自己手指上一劃，指腹溢出血珠，他伸出手示意白優聿上前。

白優聿深吸一口氣，湊前飲下他指尖上的血珠。

「真是讓人討厭的感覺，為什麼每一次我都要做這樣的事情，待會兒我一定要用消毒水好好清理傷口……」望月一邊抱怨一邊露出嫌棄的表情，然後等待白優聿的封印出現。

只是，一如既往會驟然改變的強大氣流並沒有出現。

望月驚詫地看著和平時無異的白優聿，就連白優聿自己也一臉驚愕。什麼也沒有出現，白優聿的雙眸還是平時的黑色，沒有封印出現時的一綠一黑，他左邊脖子上也沒有出現雙十字聖痕。

望月的血液並沒有成功解開白優聿的封印。

「……血液不夠多嗎？」望月蹙眉，直接在自己掌心上一劃，一道血痕隨即溢出，他吩咐著。「白爛人，再來一次。」

白優聿點頭，照樣喝下望月的鮮血，屏息以待了十秒，仍舊什麼也沒出現。

「這怎麼可能？」望月難以置信地看著自己掌心上殘留的血跡。

『白優聿的力量是一把鎖，你的鮮血是鎖的鑰匙。』這是修蕾大人說的。

可是現在，他這把鑰匙竟然無法解開白優聿的封印。

「為什麼？」金髮少年不禁低喃，右臂在這個時候隱隱作痛，他按緊自己的右臂，心中一慌。

難道他沾染了伊格的執念之後，自身的聖潔力量受到汙染，致使他無法以自己鮮血中的力量解開白優聿的封印？

也就是說象徵至高無上印記的十字聖痕——白優聿的「聖示之痕」拒絕了他？

想到這裡，望月全身如墜冰窖，他怔怔看向白優聿。

白優聿也在這個時候看了過來，表情複雜的把視線投向他的右臂，顯然和他一樣想到了這一點。

沾染了亡靈執念並出現亡靈桎梏傷痕的他，無法以受汙染的鮮血喚醒聖示之痕。

「那個……我們還是先休息一下，或許大家都累了所以——」

「別說無謂的安慰話！」

金髮少年倏然怒吼，白優聿一怔，再也說不出下去了。

「你也看到了，我的鮮血無法喚出你的聖示之痕。因為我沾染上了該死的亡靈執念！這樣下去我們不單止對付不了蘭可，我還會拖累你！」

「望月……」

「別過來，我想一個人冷靜一下。」一說完，金髮少年轉身匆匆離開練習室。

白優聿伸出的手停在半空，緩緩縮回。他背靠著牆壁，垂首深深嘆息。

「臭小子，我什麼時候認為你會拖累我，一直以來你都沒嫌棄拖後腿的我……」那小子雖然總是對他惡言相向，但從未試過放棄他這個不中用的拍檔。

他按上自己左邊脖子，那是聖示之痕所在的位置。

「現在唯有靠我的聲音來喚醒你了，對吧？」他和聖示之痕對話，雖然不清楚封印有沒有在聽，不過他還是低喃：「如果這一次我以聲音呼喚你的話，你願意出現嗎？」

曾經，他憎恨自己的封印，致使他的聲音無法喚醒聖示之痕。

但現在，他很想喚醒「聖示之痕」，為了守護自己不想失去的一切。

還真諷刺啊。

「聽說，你現在和梵杉學園的見習引渡人組成拍檔。」一把聲音響起，白優聿微愕抬頭，發現練習室裡多了一個中年男人。

光頭男人皮膚黝黑，健碩高大，右耳垂上掛著一個手工粗糙的金環，正雙手環抱站在他面前打量他。

「已經是半年前的事了。索拿，你的消息很不靈光。」白優聿站直。

此人正是從總部過來的調查員，外號「斷刃」的墨級引渡人——索拿．伍斯。

「嘿，你的樣子還是和以前一樣，不討喜。」索拿走了過來。

「是嗎？抱歉喔，我的笑容只為美女綻放，不會浪費在男人身上。」尤其是你這種絲毫沒美感而言的男人。

「看起來你的心情並沒有受到影響，我剛才在外面聽到吵架聲，還以為你和你的小情人鬧翻了。」索拿聳肩。

「望月是我的搭檔。」白優聿臉色一正，不喜歡索拿以這種輕蔑的語氣說話。「說吧，你過來找我是什麼原因，我不會認為你是存心過來找我敘舊。」

「敘舊？說得也是，想當年我也和你合作過兩次。」索拿有些緬懷地說著。

「算了，我還是回房去睡覺。」白優聿說走就走，他向來懶得理睬這些喜歡兜圈子的人。

「等一下，白優聿。」索拿揚聲阻止。「昨晚我發現一個可疑人物，雖然最後還是跟丟了人，不過我發現有趣的一點。」

「噢？你也有跟丟人的時候？」

「這句話聽起來充滿諷刺。」

「沒錯。」他很大方承認，擺明就是諷刺。

光頭男人眼神一黯，倏然冷笑。「隨你怎麼說。我告訴你，那人被我發現之前，他隱身藏在你和望月的屋頂上，看樣子是在暗中監視你們。」

白優聿微微瞇眼，心中暗自一驚。

「雖然我覺得他不可能是襲擊潘的那個人，不過看樣子他是針對你和望月而來。」索拿刻意壓低聲量。「我聽說，最近教廷的騎士團開始蠢蠢欲動，他們為了查出十三年前的女神背叛事件，開始把勢力滲入引渡人總部。」

十三年的女神背叛事件？白優聿一臉不解，他從未聽說過這件事。

「說不準你身邊就有教廷的分子在暗中監視，你和你的小搭檔要小心了。」索拿意味深長地說著。

「為什麼要告訴我這一些？」白優聿不相信他是一個好心提供情報的人。

「怎麼說呢？雖然我不喜歡你，但我更加不喜歡教廷的人，為免你們被他們逮到痛腳，我特別前來通知你。」

「被他們逮到痛腳？我不記得自己有做過不見得光的事，望月也是一樣。」白優聿聳肩。

「噢，原來你並不知情。我還以為你是知情的。」

「什麼意思？」

索拿只是冷笑並不答話。白優聿凝睇對方好半晌，在對方以為他會追問之下竟然轉身。

「說完了吧，那麼失陪了。」他現在自顧不暇，沒心情去揣測對方丟給他的謎題，揮一揮手。「對了，謝謝你的『好心』通知。」

索拿對著他的背影冷笑，拿出一根菸叼在唇邊。

「小子，我倒要看看你的總帥大人還可以維護你到什麼時候。」

☾ ☾ ☾

「我真懷疑你這兩年來在學校到底學了什麼。」

寬敞的練習室內，少年正滿意地看著自己的練習成果，沒想到後面響起一道諷刺的聲音。

少年拭去額前的汗水，回首睨了男人一眼。男人穿著一件白色的長袖襯衫，袖子捲起至手肘的部位，手裡拿著平日常穿的黑色大衣，正站在他身後。

少年選擇忽略黑色大衣襟口處別著的大大小小徽章，因為每一個徽章都是男人身分的象徵，任何一個徽章都是他短期之內無法得到的榮譽。天知道，他還需要花多長的時間才能夠爬到男人此刻的地位。

拉回飄遠的思緒，少年手一抬，指向前方，「本人覺得今天的成績不錯，我不是按照你說的把所有的目標都命中嗎？」

男人推了推銀色細框眼鏡，頷首，「的確。我在牆壁上設下的法陣都被你的聖示之痕毀掉了，但，我記得我的吩咐是破壞法陣，法陣以外的範圍必須毫髮無損。」

少年攤手。好吧，他承認，他除了破壞法陣以外，練習室的牆壁也幾乎被他毀得倒塌了。不過這不能怪他呀，他的封印本來就是強大而霸道的，哪有那麼容易控制？

「相信我，我不是故意的。」少年轉身一笑。

「所以，我才懷疑你在學校沒好好上課。」

「喂，狐狸——呃，總帥大人，我是以全校第一名的成績提早畢業成為執牌引渡人，還是你親自欽點我上任，你難道忘了嗎？」嗤，老人家就是健忘。

「確實如此。不過現在的你連自己的封印也控制不好，讓我深深懷疑你是不是智力退化了。」男人向來喜歡說這種帶刺的話。

「我智力退化？」少年很不忿。「好，你光用說的當然簡單，不然你示範給我看！」

「嘖嘖，我還以為你很有潛力，所以才選擇當你的導師。沒想到你……唉，也不知道是我的表達能力差還是你的理解能力差。」

「當然是你的表達能力差。」少年毫不留情吐槽。

男人搖頭，像是遇到一個頑劣的孩童。他打起一記響指，本在外面候命的人走了進來。

「美娜，可以麻煩妳一下？」

「好的，總帥大人。」

「喂，你要美娜幹什麼啊？人家只不過是一個侍茶的……」少年說不完就發現男人極快在美娜背心畫下一個法陣，一如之前設在牆壁上的法陣。

少年一訝，聽著男人說道：「現在再來一次，毀掉這個法陣，但必須控制自己的破壞力，不讓封印的力量觸及法陣以外的範圍。」

法陣以外的範圍……是美娜的身體！少年擰眉一喝：「開什麼玩笑？萬一我失手，美娜會死掉！」

「那麼，你就別失手。」男人輕鬆的回答。

少年瞠目，迎上男人挑釁的眼神之後就要出手，但一想到眼前的實驗品不是牆壁而是活生生的人，他不由得猶豫，咬了咬牙之後惱怒道：「我做不到！」

男人扶額，緩步走了上來，戳著他脖子上的雙十字聖痕。那是他最引以為傲的封印。

「聿，你知道你最大的問題是什麼嗎？」

少年對著他乾瞪眼，礙於他的身分比自己高上許多階，少年才忍住一拳揍過去的衝動。

男人在這個時候低聲說了。

「你在害怕。」

少年挑眉，他有害怕嗎？沒有！他才沒有害怕！

「如果你面前的是一堵牆，你可以毫不猶豫地發動攻擊，但如果你面前的是一個人，你會猶豫，害怕自己的力量傷害到對方。這不是一個執牌引渡人應該擁有的心態。」

「……心態？」

「對，執牌與見習的唯一區別在於自信，封印是我們出世之後就伴隨著我們的天賦，是我們靈魂的一部分。在學校的第一堂課，導師們是怎麼教導你們解開封印的？」

男人問著，他怔怔看著對方，對方答道：「是相信。相信你自己的聲音可以喚醒他，相信你和他是屬於一體，只有投以信任，他才能感應到你的心意，為你守護你在乎的一切。」

「相信……」少年不解的低喃，男人一笑，揚起手指向美娜。

「十字聖痕，天蒼之滅！」

閃耀的藍色光芒像是一道驚雷劈向站在原處的美娜，少年一驚，藍色光芒逸去之後，美娜依舊站在原地微笑看著他倆，背心上的法陣被那道驚雷毀去，她卻毫髮無損，連衣角也沒燒焦。

「太厲害了。」少年不由得心中暗讚。

「要記住這一點，封印就是你的靈魂。喚醒封印的『言』不僅止於你的聲音，更重要的是你的心意，只要你不抗拒、不懼怕他的存在，你就可以在任何情況下喚醒他。」

男人的笑容逐漸模糊，聲音也逐漸遠去。當白優聿從睡夢中驚醒過來，映入眼簾的並不是總部的特殊練習室，而是位於莫羅多城小隊的宿舍房間。

「呼，竟然夢見了那隻狐狸……」拭去汗水之後，他起身喝了口水，不自禁想著剛才的夢境。

那是發生在他畢業之後、正式和臻搭檔之前的那半年時間，總帥親自擔任他的導師，教導了他半年。那段時間內，除了偶爾被狐狸總帥耍弄之外，他從對方身上學到不少知識。

就好比對方教導他如何對自己的封印投以信任。只可惜，那份信任因為臻的死亡而宣告破滅，他再也無法以自己的聲音喚醒自己的封印。

本以為日後只要靠望月的血液他就可以解開封印，但望月現在的狀況實在無法幫他解開封印……他再次回到原點，能夠依靠的人僅有自己。

難道這場夢是上天給他的一個啟示？白優聿思忖，捂著自己脖子。

「相信，相信……」狐狸總帥是這麼說的，他努力回想自己第一次解開封印時候的感覺。

——只要你不抗拒、不懼怕他的存在，你就可以在任何情況下喚醒他。

很久之前，他的「聖示之痕」曾經幫助他渡過無數次的生死難關，那個時候他絕對信任自己封印的能力，宛如萬丈光華的聖潔力量，只有他能夠完全掌握……

你的聖示之痕是很強大的封印，控制不好的話，你會連累其他拍檔。

臻的話突然響起，白優聿猛地睜眼，好一下才回過神來，沮喪地靠向牆壁。

終究，他還是無法克服自己的心理障礙。

每一次解開封印，他下意識的抗拒自己的封印，擔心自己會再次傷害到自己在乎的人。

於是，當他的封印被望月血液喚醒的那一刻，白優聿的人格會沉睡，取而代之的是聖示之痕。但，封印終究是他身體的一部分，是與生俱來就由他掌控的一部分，解開封印次數的增加，他的自我意識也逐漸掌握回主導權。

所以，他記得自己解印之後說過的每一句話、做過的每一件事。

只要時日一久，解印之後出現的不再是聖示之痕，而是白優聿。屆時，無法克服過去陰影的他會因為害怕而怯步，無法發動攻擊而受制於人。

到最後，他會連累自己的搭檔。

這件事，他沒向任何人提起，包括望月在內。他正在努力嘗試克服，但直到現在還是不行。

「如果妳看到我這個樣子，一定會罵我是不中用的傢伙吧……臻。」他低喃。

驀地，沮喪中的他背脊一僵，他緩緩站直，眼角偷瞄向窗外。

嗅覺特別敏銳的他嗅出了一種香氣。

那是玫瑰香精的味道。他一下忘記這種似曾相識的香氣在哪裡出現過，但他肯定外面有人正注意著他。

雖然此刻外面廊道上是一片清冷空蕩的。

但他知道有人。白優聿立時想起索拿說過的話，小心翼翼的他走向門口，裝作若無其事的走出去。

望月的房間在對面。洛菲琳和她的天孜表哥住在樓下。他決定走向最靠近的望月。

敲了一下門，裡面沒反應，白優聿輕輕一推，門竟然沒鎖上。

「喂，望月？」

裡面沒人。金髮少年不在房裡。他微訝，發現到桌上留了一張字條——

心情不好，去古董街散步。

「這個臭小子，不是說了入夜之後別離開宿舍的嗎？」黑髮男子咬牙，無暇顧及跟蹤的神祕人，奪門而出。

入夜之後的莫羅多城人煙稀少，白優聿奔到北區古董街入口，這裡不久前曾經歷激戰，附近居民一入黃昏即門戶緊閉，這讓找人的白優聿一下子就發現不遠處的一抹身影。

頂著一頭短薄金髮的瘦弱少年正來回踱步，在他奔過去的同時驀地停下腳步，隨即咬牙大步上前。

「白爛人（臭小子）你竟然偷溜出來?!」

一說完，二人同時一怔，彼此臉上的咬牙切齒表情逸去，不約而同的互指對方。「不是你偷溜出來說散步嗎？」

又是該死的有默契！白優聿雙手一揚，指了指臉色發臭的金髮少年，示意他先開口。

「我剛才要去找你，發現你的門口留了一張字條，說你心情不好，去了古董街散步。」

金髮少年雙手環抱。「我立刻趕來這裡，沒想到卻看見你跟在我後面。」

「我也一樣，在你房裡的桌上發現同樣的字條。」白優聿擰眉。

「有人故意引你和我出來？」

「其實在我找到你之前，一直有人跟蹤我……」

「白爛人！這麼重要的事情怎麼現在才說！」

望月臉色一沉，揚聲一喝。

「冥銀之蝶，請給光明者指引的方向！」

銀蝶頓時翩翩飛舞，就在這個時候，細不可聞的叮噹聲音響起，白優聿瞠目，一柄長劍從黑暗中穿刺向望月——

「小心！」

隨著一聲厲喝，望月扯住白優聿一起往後躍開，銀蝶形成一道強大的盾牌，擋下長劍的突襲——

火花四濺，尖銳的碰撞聲劃破長空。

能夠擋下惡靈攻擊的冥銀之蝶並沒有成功把長劍擊斷，看起來普通不已的長劍和冥銀之蝶僵持不下，望月一咬牙，喊出咒言：「十字聖痕，光之花雨！」

夜空湧現以光凝聚成的飛箭，疾快射向長劍主人的方向。

長劍倏然隱去，那人像是突然消失了，光之花雨落在地面上，造成不小的破壞。

望月和白優聿背對背緊靠，不約而同屏住呼吸。

敵人只是隱身了，並沒有離開。

對方隱身在暗處，不僅出招快捷，而且招數狠辣，他們完全預測不到對方的下一步。

四周陡然變得十分寂靜，玫瑰香氣依舊在附近，但攻擊者剛才湊前的時候並無散發玫瑰香氣，難道跟蹤他的人不是攻擊者？

白優聿暗自咬牙，他和望月都太笨了，竟然被一張字條引來這個地方。

身後的望月卻不是坐以待斃的人。動念之下，銀蝶四下飛散，他的冥銀之蝶擁有搜尋敵人蹤跡的能力，加上對方剛才和冥銀之蝶的力量產生碰撞，身上定必沾染了冥銀之蝶的些許氣息，就算對方躲在暗處也躲不過冥銀之蝶的搜尋……

倏地，冥銀之蝶起了反應，四下飛散的銀蝶急速圍攏向左邊的方向，望月一喊：「就在那裡！」

狂風颳起，一道淩厲劍風猛地劈來，竟然硬生生將圍攏的銀蝶擊散一半。望月來不及驚訝，銳利無比的黑色長劍襲向他面門——

攻擊速度快得讓人不可思議！

「十字聖痕，光明女神之盾！」望月急斥。

兩股力量再次碰撞在一起，頃刻間，至少能夠抵擋四級惡靈攻擊的光明女神之盾開始布滿裂痕，隨著黑劍的使力挺進，象徵光明的盾牌碎成萬片。

「望月！唔！」大叫著衝上來的白優聿被一股力道撞開，跌得老遠。

那人從黑暗中走了出來，穿著密不透風的黑色長袍、戴上黑色面紗，只露出一雙眼睛。

他不發一言，冷漠的視線投放在望月身上，長劍指向望月。

望月蹙眉看著那柄黑溜溜的、宛如墨玉般美麗的劍身。

月光下，點點光芒在劍身上反射，像是飢餓狼群的嗜血目光。壓迫性的寒意襲上來，對方雖然沒說一句話，但他的動作、眼神已經足以讓人震懾。

望月一咬牙，穩住腳步。「你是偷襲潘隊長的人？」

那人沒有回答，眼睛微微瞇起，挺起銳利的劍刺向他，劍鋒上沒有施加任何的靈力，單憑精湛的劍招和咄咄逼人的攻勢就逼得望月狼狽倒退。

「冥銀之蝶，漫舞！」一聲喝令，銀蝶紛紛纏上那人的四肢，望月冷笑。「捉到你了！」只要被冥銀之蝶纏上，對方身上的靈力就會被吸收，力竭而敗。

咻咻咻——

一股強大無比的劍風旋起，纏上那人左腕的銀蝶被黑劍一分為二，跌落在地化為點點螢光。接著，那人依樣畫葫蘆，以劍風解決了纏上自己雙腿的銀蝶，然後徒手將自己右腕上纏繞的銀蝶一一捏碎。

望月難以置信地看著化為點點螢光的銀蝶。

他封印化作的武器被那人以蠻力擰碎……這簡直是匪夷所思的事！

「冥銀之蝶，請給——唔！」望月的臉色霎時變得煞白，右臂上的亡靈桎梏傷勢突然劇痛無比，一顆顆血珠由裂開的傷口溢出，瞬間染紅了他的衣袖。

他身子不禁一晃。耳邊傳來嗡嗡作響，屬於伊格的笑聲再次迴蕩，窒息般的痛楚拉扯著他，他甚至連站直的力氣也沒有。

那人一步步逼向他，望月狼狽倒退，劇痛之下腦袋一片空白，完全不知道該如何抵禦如同怪物般強大的對方，直到退無可退，後路被一棵大樹擋去。

黑劍停在望月喉間的三吋前，那人手臂微頓，打算在下一秒使勁全力讓黑劍穿透過少年的身軀。

少年仰直脖子粗喘著氣，逐漸散渙的眼神看向那人的身後。沒想到那個方向並沒有他擔心的那個人。

剛才趴伏在地的白優聿……不見了？

「嘿。」那人逸出一聲冷笑，不知是笑他死到臨頭還關心別人還是笑他的不自量力，然後手臂一抖，黑劍極快挺進。

望月閉眼等待死亡的降臨。

耀眼的光芒倏然綻現，就算閉起眼睛，望月還是感覺得到其中的灼熱光華。

他愕然睜開眼睛。一道細得無法再細的絲線纏上了黑劍的劍身，阻攔了黑劍的挺進。韌度超強的絲線在月下同樣反射出淡淡光芒，讓望月清楚看到絲線的另一端是握在誰的手裡。

黑髮男子以半蹲之姿穩住身形，一手支地，一手扯過細線，雖然他臉上還有剛才摔倒留下的傷痕泥汙，但望月還是一下子認出他是誰。

——白優聿！

黑劍的主人使力掙扎，絲線卻在白優聿猛力一揪之下，直接絞斷銳利的黑劍！

那人極快往後躍開，白優聿同樣動作極快跟上，手中絲線俐落揮出，柔軟的絲線如同利劍般疾刺向那人。

那人失了武器，不敢硬接，身形快捷往旁一掠，閃開致命的攻擊。

地面被絲線擊得裂開一道好長的裂痕，塵土飛揚之下，望月聽到白優聿的聲音響起。「望月！小心！」

金髮少年一怔，無數的光箭由半空降下，他想閃避已經來不及了。白優聿縱身上前，一把攬過他就地打滾閃開。

還來不及站起，那人再次挺劍刺來，不過這一次的長劍卻是一把銀色長劍。

白優聿不敢直接還擊，拉過望月繼續後退。

那人似乎早已預料到他不敢在靠近同伴位置的範圍內施展攻擊，長劍攻勢更加疾快，出手如風。

白優聿節節敗退，就算解開封印還是處於劣勢，堪險閃過刺向咽喉的一劍，那人左手一翻，突然多了一柄長劍，以迅雷不及掩耳的速度刺向白優聿的小腹。

「啪——」

一道銀光閃過，擊在長劍上，那人連忙握緊幾乎脫手飛去的長劍，用力躍後。

一枚彈殼落在地上，不住旋轉。玫瑰香氣也在這個時候飄入鼻端。

解救他的人是那個隱身跟蹤他們的人？

雖然不知是誰出手相助，但這麼一阻，白優聿已經完全反應過來。

「十字聖痕，天蒼之滅！」強大的驚雷毫不留情劈落，轟得塵土飛揚。

白優聿解印之後的威力驚人，那句十字聖痕的咒言把前方的幾棵大樹劈斷，那人卻在塵土瀰漫之下失去蹤影。

他粗喘著氣，有些難以置信地捂上自己的脖子，再怔怔看向那人離去的方向。

在交手的瞬間，襲擊者給他一種難以言喻的熟悉感覺……

望月在這個時候悶哼一聲，白優聿回神急切問著：「望月！你有沒有事？」

金髮少年的右臂被鮮血染紅，看向他，「你……你自行解開了封印？」語氣掩飾不了激奮的顫意。

「……好像是。」又好像不是。白優聿一臉茫然。

少年驀地揪過他大吼，「你白痴嗎？既然可以解開封印為什麼不乘勝追擊？為什麼選擇在對方攻擊的時候後退？你在猶豫什麼？」

他……猶豫些什麼？對，望月問得很好，連他也不知道剛才自己為什麼猶豫。

按捺不住怒意的金髮少年正要一拳擊醒陷入迷茫的白某人，叫喊聲自不遠處傳來。

「到底發生了什麼事？」那是小隊的人，領頭的正是總部派來的索拿．伍斯。

CH7

路克的身分

他不知道自己是怎麼解開封印。

看到望月性命垂危，他想也不想衝上前，緊接著「聖示之痕」的力量出現了，封印幻化的絲線突然緊握在手，他僅是下意識地迎敵、退敵。

等到襲擊者消失，他的封印正因為危機的遠去而逐漸隱去。

嚴格來說，他並不是真正解開了封印。他壓根兒沒喚出那句「言」，感覺上倒像是「聖示之痕」知道他要救望月，所以臨時借出力量……

這種感覺和上次拯救小莎的時候頗為相似。

難道這是總帥所謂的「封印可以感應到你的心意」？

白優聿捂著自己的脖子，再次陷入沉思。直到房門被打開，一個人背光走了進來，他抬首迎向進來的銀髮男人。

「路克，有消息了嗎？」白優聿喚著對方的名字。

「沒有。襲擊者就如同人間蒸發一樣，消失得徹底，就連隊裡好幾個擅長使用氣息追蹤的隊員也探索不到那人的下落。不過有一件事你說對了。」路克來到他面前，豎起兩根手指。「襲擊者和監視你們的人是兩個不同的人。」

「果然如此。」

白優聿頷首。一開始他嗅到監視者身上的玫瑰香精氣息，在襲擊者出現的時候，前者在他臨危之際解救了他，地面上的那枚彈殼就是證據，這也意味著襲擊者當時可能跟蹤他、望月和監視者，只是他們三人並未發現襲擊者的存在。

「而且索拿說了，他相當肯定襲擊你們的那人是潘遇上的襲擊者。」路克蹙眉。

「但，那人昨晚沒有用到任何一招……屬於臻的任何一招。」白優聿補充。

「可是他的實力不差，對吧？」路克打量他，果然看到他的臉色微變。

白優聿雙手交握。「如果他在交手的時候真的複製了臻的招數，我和望月應該也完了。」說畢的同時，白優聿看向還躺在床上沉睡的望月。

昨晚回來之後，望月就昏了過去。路克為少年治療了裂開的傷口，但少年一直昏睡到這個時候還未甦醒。

他記得少年揪過他大吼的每一句話。他明知道自己不該遲疑，但在緊急關頭還是遲疑了，不敢全力施展攻擊的他讓襲擊者逃走，接下來小隊不知還有誰會受到傷害。

「喏，那個監視者的身分呢？有線索了嗎？」他輕嘆。

「同樣沒消息。索拿為了此事大發雷霆，說小隊隊員們的辦事能力差，外面的氣氛可差了。」路克搖頭。

「那傢伙發脾氣是意料中事。」白優聿揚眉。「倒是他能夠坦然面對你這一點有些意外，他知道你是唯一一個清楚他不是被總帥派來的人，卻可以在你面前表現得若無其事。」

「聿，那不是叫坦然面對我，而是完全不把我當成是一回事。」路克苦笑。「人家是墨級引渡人，職位高他許多，有需要在他面前表現得縮頭縮腦嗎？

「嗤，墨級引渡人很了不起？我最看不慣總部設下的這些稱謂。」白優聿冷哼。

「也只有你一個人是這種想法。當年你為了繼續和臻搭檔，直接在總帥面前撕掉晉昇你為墨級一職的信函……」

「然後那隻狐狸抓狂了，罰我和噴火怪物搭檔兩個月，也藉此讓臻放兩個月的大假。」

白優聿想著很久以前的事。

路克微笑搖頭，黑髮男子卻在這個時候沉聲說著：「路克，我想讓你知道一件事。染上亡靈的執念之後，望月的鮮血無法解開我的封印。」

「什麼？昨晚你的封印——」路克一驚。

「記得上次小莎遇險的時候嗎？」白優聿握緊拳頭。「和上次一樣，聖示之痕自己解開，唯一不同的是這次解印的時間更短更快。」

「這是值得高興的事情，不是嗎？」路克看不到他的欣喜。

白優聿搖頭。「我已經不確定自己可不可以完全掌控聖示之痕的能力。我……每次出手之前，都會想到臻的樣子。」

路克凝睇他，好半晌才拍了一下他的肩膀。他的視線落在望月身上，路克輕聲說著。「剛才你和我說的，望月知道嗎？」

「不知道。我不知道該怎麼對他說起……」他深吸一口氣。「臻是死在我手上這件事。」

「唉，真是的。」路克一嘆。無法敞開心扉的二人該怎麼練成心靈共鳴呢？他指了指門口。「別說這些，差不多是治療的時間了，你先出去吧。」

「好，麻煩你了。」

白優聿站起走向門口。門關上之後，路克雙手環抱盯著雙目緊閉的望月。

「他的話你都聽到了吧？望月。」

少年的眼皮輕輕一顫，緩緩睜開眼睛，湛藍的眸色深處藏著震驚。

◐　◐　◐

望月睡了一天一夜之後在傍晚醒轉，之前重傷昏迷的潘則在翌日早晨終於甦醒了。散發玫瑰香精氣息的監視者沒再出現。襲擊者的身分和下落依舊是一個謎，甦醒之後的潘只記得自己在巡邏的時候被一黑衣人迎面攔阻，他只擋下一招就重傷倒地。當他被索拿問起是否看清楚襲擊者的長相之際，他出乎意料的答說沒有。

白優聿倒覺得潘對索拿有所隱瞞。因為事發當晚潘在昏迷前明明提醒自己要小心「他」，但這個「他」是誰就無從知曉了。

接下來，白優聿和望月展開了訓練。他依舊無法喚醒望月的冥銀之蝶，同時的，他也無法自行解開封印。

聖示之痕似乎只有在特別緊急的時候才可以自行開啟，其他時候完全喚醒不了。

金髮少年相當配合他的特訓，只不過少年自從甦醒之後身體日漸虛弱，一天之內倒有半天的時間是沉沉睡去。

為此，白優聿更是日以繼夜地不斷訓練，經過四天的訓練之後，這組搭檔仍然面對瓶頸，路克卻捎來了一個消息。

總帥下了密令，要他帶同白優聿和望月一起前往十三年前囚禁了大陸第一危險人物伊格的城堡。

因為總帥在那裡找到了徹底治療望月的方法。

於是，辭別了莫羅多城眾人的他們登上了大陸最緩慢的火車，浩浩蕩蕩前往位於連瑞城的城堡出發。

連瑞城位於大陸東部，與莫羅多城比鄰而建，由於目的地是在連瑞城以北處二百二十九點五公里的廢置城堡，距離莫羅多城大概是一天的車程。

白優聿靠坐一旁，假裝凝睇窗外掠過的景物，眼神不時瞥向對面座位上的金髮少年。

火車緩慢行駛，車廂內的金髮少年閉上雙眼睡去，體會到他嚴重暈車傾向的路克，特地在出發前為他施下一個小小的治療咒，減輕望月的暈車痛苦。

車廂內一片清靜，除了坐在他身旁的路克翻閱醫書時偶爾發出的細微聲響。

「放心，他只是睡著了。」當他的眼神再次落在金髮少年身上之際，一旁的路克看不下去了。「就算他的亡靈桎梏突然發作，沒了呼吸，我還是可以救回他。」

「嗤，我沒說我擔心他。」

「我也沒說你擔心他。」

被路克一陣搶白，白優聿語塞，只見他悻悻然別過臉，路克低笑出聲：「聿，其實我很高興看到你能夠再次接納其他人。」

「接納其他人？」

「就是他。」路克指了指睡去的望月，換來白優聿的一記白眼。

「那個時候你一心想要總部革除你身為引渡人的職位，急著擺脫我們的圈子，大家都很擔心。」路克想起三年前自暴自棄的白優聿，搖頭。「你想否決一切，包括自己的存在和過去，誰也不願意接納。你當初的樣子頹廢得別說是喬，就連我也想好好揍你一頓把你揍醒。」

白優聿斂眉。臻離世之後的三年，他的確過著頹廢的日子，名符其實成了噴火怪物口中的廢柴。

「總部的幹部們紛紛提出革除你的想法，但總帥排除所有人的異議，硬是把你留下來，造成好多人對此事感到不滿。」知悉內情的路克輕聲說著：「聽說當初梵杉學園的理事長修蕾也是不願意收留你，後來在總帥的逼迫之下才勉強答應。」

「難怪那個不男不女的老是找機會戲弄我。」白優聿總算明白過來，睨一眼路克。「為什麼特地告訴我這些事？」

路克一笑。「我想讓你知道大家為你付出不少努力，也想讓你知道，我們每一個人都等著你重新振作，重新歸隊。」

白優聿沉默了，路克的笑容依舊溫和，一如當年初相識時候的親和。他身周的人似乎都沒改變，改變的僅是自己的心態。

如果換做半年前，他可以什麼都不在乎，無論是誰都無法說服他急欲逃離引渡人行列的決心。

但現在不同了……半年前的新搭檔、半年來的許多考驗，逐步拉回迷失的自己。

他開始找回自己活著的價值。

「我會的。」從巔峰摔落谷底，再從絕望的谷底一步一艱難的爬上來，他正在不斷努力，終有一日他能夠回去。

路克點點頭，得到白優聿的承諾之後，在他背後一直努力的人總算沒白費心機。

「路克，有一件事我很好奇。」白優聿沉吟了一下，目光定定的看著銀髮男子。「你怎麼會對這些內幕知道得一清二楚？」

論職位，路克僅屬於琉級引渡人，另外一個身分雖是「雲吹」組的組長，但雲吹組向來負責治療工作，按理來說和總帥接觸的機會不多，他怎麼會知道屬於幹部才清楚的內情？

投出這句疑問之後，白優聿發現路克的笑容變得微僵，隨即向來燦爛的笑容逸去。

銀髮男子仰後，深吸一口氣之後眉頭擰緊。「聿，你知道我和蘭可的過去嗎？」

他的表情是凝重的，眼神有些黯然，彷彿他即將說出口的是一件讓人沉痛的事情。

「我只知道你和他是兄弟。」

「是的，他比我年長十歲，是家族中的大哥，我是最年幼的弟弟。」路克說起往事的時候，眉頭擰得死緊。「除此之外，他和我都是雲鯉之神選出來的繼承人，繼承列德爾家族的封印，也繼承了家族事業，就是成為引渡人總部歷代最高領袖的暗使。」

白優聿微訝，他從未聽說過引渡人總部最高領袖有什麼暗使這個職位的存在。

「換言之，我們除了表面身分是引渡人之外，另外一個身分是總帥身邊的忠犬，無條件的服從總帥的命令，無條件的執行總帥指派的一切任務，甚至為總帥付出自己的性命。」路克一頓，定定看著驚愕不已的白優聿。

「這是蘭可和我一出世就註定的人生。直到十三年前，發生了一件事。」

十三年前 引渡人總部

現任總帥為梵德魯．雲菲特

「總帥大人，蘭可來了，正在門外等著您。」

偌大華麗的辦公室內，一位侍從朗聲報告，梵德魯從工作堆中抬頭，微瞇眼。「那孩子來了?就他一個人?」

「是的。」

「嗯，喚他進來，然後吩咐其他人退下，別讓別人打擾我和他的談話。」

「屬下遵命。」

侍從退下之後，門再次被敲響，一名俊秀英挺的銀髮男子走了進來。

「來，過來坐。」梵德魯揚起笑容，他是一個威嚴十足的中年男人，素來不苟言笑，唯有在見到自己門下最得意的徒弟，笑容才會出現。

銀髮男子還是在坐下之前先恭敬地躬身，這才安坐下來。

「這次的任務還順利嗎？」梵德魯問完之後細細打量對方，發現對方臉上難掩倦意。「聽雲吹組的人說你受傷了，傷得怎麼樣？」

「沒大礙，只是一點皮肉傷，抱歉讓您掛心了。」銀髮男子連回話也是恭謹的，這個男人不僅是自己的上司，更是自己家族歷代遵從的主人。自小接受嚴謹訓練的他，即使知道梵德魯把自己視為親子看待，卻不敢在他面前有絲毫逾越的表現。

「沒事就好。」梵德魯輕輕點頭，似乎想說些話，但最終還是隱去話尾。「這樣的話，你好好休養，這段時間不必再過來了。」

銀髮男子挑眉，倏然站起。「總帥大人，蘭可身為您的暗使，必然得守在您身邊供您差遣，絕對不能因為一點小傷而耽誤身為暗使的使命。」

「你這個孩子……唉……」梵德魯無奈的嘆息，這個孩子雖然在每一方面都很出色，但就是太死心眼，堅持到底是他的優點也是他的缺點。

「請您別遣退蘭可，就算用不著蘭可，蘭可還是每日會過來。」這是銀髮男子身為列德爾家族繼承人的使命。

他守護的是眼前這個主子，引渡人總部的最高領袖——梵德魯總帥。

「好吧，既然如此我就給你一個新的任務。」梵德魯本來也不想把這份事交給他，不過仔細一想，銀髮男子的絕對忠心是他目前所需要的。「我無法估計這個任務耗時多久，也無法估計潛在的危險性有多大，所以我需要幾個合格的人選。你是其中一個。」

聽到這裡，銀髮男子堅定說著：「總帥大人請吩咐，蘭可必定竭盡全力完成任務。」能夠得到總帥大人的賞識是他的榮幸。

「蘭可，你連任務內容也還沒聽說就那麼快答應了？」梵德魯不禁莞薾。

「身為暗使，蘭可將無條件的服從總帥的命令，無條件的執行總帥指派的一切任務。」

「你這個孩子真是古板，老是把這些話掛在嘴邊。」梵德魯無奈一笑，隨即認真道：「這次我要你連同另外一組拍檔前往連瑞城的列德爾城堡，嚴密保護一位叫做『伊格』的女孩。」

「……列德爾城堡？」銀髮男子驚訝地看著梵德魯，那是自己家族的領地之一！

「那個女孩的能力是預言未來，凡在她夢境出現的一切明日即將成真，凡她開口說出的事將變成實，蘭可，這是一個讓人畏懼的能力。」梵德魯沉聲說著：「你的任務除了是嚴密保護她之外，還包括一旦發現她使用這個能力危害人界，你必須將她……」

梵德魯的手在自己脖子上一劃，比了一個殺無赦的手勢。

「是的，蘭可遵命。」

◎ ◎ ◎

「那一年，蘭可以引渡人身分協同另外一組拍檔前往連瑞城的列德爾城堡，表面上奉命保護被總部下令軟禁在城堡內的女孩，實際上是隨時候命，只要總部一下命令他就會親手結束那個女孩的性命。」

火車車廂內，燈光亮起，外面的天空已經暗了下來，下起綿綿細雨，路克說到這裡停頓了一下，看向白優聿。

「那一天，我見到了自己久違的大哥，跟在大哥身後的是一個靦腆的少女，她長得很漂亮，整個人看起來像是天使一樣優雅美麗，她對著我羞怯一笑，我永遠也忘記不了她的樣子。」

「路克，那個叫做伊格的少女……被軟禁在列德爾城堡？」白優聿剛才就想問了。

「是，那個一度是我家的地方。」路克點頭，表情變得有些複雜。「列德爾城堡有最強的雲鯉結界，可以隔絕一切外來的侵襲，於是成了軟禁伊格的最佳地方。伊格來了之後，我們一家遷移了，只剩下大哥……蘭可還有保護伊格的另外一對搭檔。」

「然後呢？」白優聿很想知道接下來發生了什麼事。如果蘭可真的一如路克所言是忠心耿耿的暗使，為什麼那人後來會做出種種不可饒恕的壞事？

「接下來就是漫長的軟禁，蘭可除了被總帥祕密召見之外，幾乎沒離開伊格的身邊，朝夕相對之下，蘭可愛上了伊格。」

「愛？」白優聿不置可否冷哼，蘭可那種狠辣無情的人也懂得愛嗎？

「是的，他們相戀了。因為相戀，蘭可的信念動搖了，他嘗試向總帥大人求情恢復伊格的自由，因為在他眼裡看來，伊格是無辜的，他不想自己心愛的人遭到無情的軟禁。」路克輕嘆：「這件事讓梵德魯總帥大為震怒，與此同時意想不到的危機出現了，總部頒下了殺令。」

白優聿瞇眼。「伊格做了什麼嗎？」

「她什麼也沒做。頒下殺令的原因是她說了一句危險的預言，至於預言的內容，聽說只有高層才知道。」

「接下來呢？」得知心愛的女人被下令殺無赦，蘭可的選擇是什麼？

「愛情的力量讓他選擇犧牲家族的榮耀和個人的信念，蘭可帶著伊格逃了。繼承雲鯉封印的他可以輕易破壞列德爾城堡的每一個法陣，但總部的追兵最後還是追上了他們，激烈戰鬥之後，伊格死了，失去愛人的蘭可力量整個瘋狂的暴走。」路克雙手交握，似在穩住自己的情緒。

「他以『雲鯉之聲』操縱那些一度是他夥伴的人，讓他們互相殘殺，那一夜十八個赤級引渡人死在互相殘殺之下。」

白優聿閉起了眼睛，緊緊咬著牙關。他可以想像得到當時互相砍殺的血腥畫面。

「後來，梵德魯總帥親自拿下蘭可，據說那個時候他懷裡抱著的伊格屍體已經腐爛了，但他還直到被擒下那一刻仍舊抱住伊格不放。梵德魯總帥當場動手撤除蘭可臉頰上的封印，之後經過淵鳴的裁決，蘭可被押往從未有人能活著離開的『無底之淵』。」

「可是他逃脫了？」

「是。他逃脫之後就消聲匿跡了，總部的人、教廷的人還有列德爾家族的人都在追緝他，他卻好像人間蒸發一樣，直到三年半前，他出現在你和臻的面前。」說到這裡，路克的表情帶著深深的愧疚。畢竟那個將白優聿害得如此淒慘的人是他的親生兄長，他覺得愧對好友。

白優聿冷嗤一聲。「像他這種人渣，前任總帥梵德魯應該一早就斃了他！」

路克垂首，他無法辯解，因為蘭可的所作所為確實讓人不齒。

「蘭可不是人渣。」

突如其來的一句出自望月口中，正在敘述往事的二人同時一怔，看向對面座位上的望月。

金髮少年睜開眼睛，湛藍眸瞳看起來有些散渙，似乎尚未完全甦醒過來。

「望月，你在說夢話嗎？」白優聿覺得少年的眼神很古怪。

「你們所見的不一定是真實，真實往往隱藏在影子的背面，觸碰不了真相之前，你們沒資格評斷！」望月冷聲說著。

「……望月？」白優聿越看越覺得眼前的望月不妥。望月的眼神雖冷，但從來不會給人一種陰森恐怖的感覺，他擔心問著。「你怎麼了？」

「無知者，死不足惜！」

望月驀地從座位上躍起，撲向白優聿的同時寒光一閃，手裡竟然多了一把利刃。

來不及反應的白優聿被路克一把拉過，堪險避開致命的一擊，右臂卻被利刃劃中，登時血流如注。

「望月，回過神來！清醒啊！」路克一喝。

「雲鯉之手，不足為懼！」望月冷笑，表情陰冷地道：「持有雙十字聖痕的引渡人如果無法明辨真相，無法以『背叛光明者』的身分甦醒，一切也是枉然！」

持有雙十字聖痕的引渡人……白優聿一怔，望月是在說他？

「十字聖痕，光之束縛！」

一句咒言逸出，光繩頓時纏上望月的身軀，望月使力掙扎，路克脫下右手上的手套，紅光綻放，一個鯉魚圖騰飄浮在望月的頭頂，化作魚網般落下縛住了他。

望月嘴裡逸出難聽的叫喊，卻在紅光滲入體內的下一秒雙眼一翻，暈了過去。

雲鯉的圖騰出現在望月的胸口上，制伏了他。

白優聿怔忡上前，路克搖頭表示沒事，車廂內的服務員也在這個時候敲門緊張追問發生什麼事情，路克冷靜地出去處理，留下白優聿守住昏去的望月。

解釋完畢之後，路克這才回來，白優聿沉聲開口：「路克，剛才出現的不是望月。」

路克沒有答話，表情變得凝重。

「伊格的執念主宰了他的意識，對吧？望月他到底……」白優聿握緊拳頭，說不下去了。這樣下去，他會失去望月嗎？

◎　◎　◎

因為一場傾盆大雨，火車的行程受到耽誤，三人於次日清晨方才抵達連瑞城。

火車到站之後，路克僱用了一輛車前往連瑞城以北處的列德爾城堡。途中，望月醒轉了一次，但沒多久再次沉沉睡去，直到車子停在列德爾城堡附近的街道上。

付了車錢，路克率先領路，睨了一眼白優聿。「他還沒醒？」

「沒有，連眼皮也沒掀一下。」

白優聿背上負著依舊沉睡的望月，金髮少年臉色蒼白難看，平日警戒心特強的少年此刻被人負在背上也並未醒轉，這是讓人擔心的跡象。

「總帥應該在城堡內等著。或許他有應對的方法了。」路克指了指建在半山區的老舊城堡。

白優聿抬頭，旭日投出的光輝讓他瞇起眼睛，建立在高處的老舊城堡似乎離他們所在的地方還有一段距離，唯一通往城堡的徑道是以紅磚砌成的石梯。

也就是說要到達列德爾城堡的唯一方法是用走的方式。

在城堡裡面等著他們的是狐狸總帥，還有可能治好望月的方法。

「那就走吧。」黑髮男子一吸氣，邁開步子。

陽光灑在大地上，背著望月的白優聿和路克並肩走著，穿過了殘舊的圍牆，進入了被參天古木包圍的城堡範圍，二人一步接一步的登上石梯，逐漸靠近列德爾城堡。

白優聿走得氣喘吁吁，路克好幾次想要幫忙揹過望月但被婉拒了，到最後為了遷就他而刻意放緩腳步，終於在千辛萬苦之下登上了城堡。

「呼呼……就……就是這裡？」

白優聿站在一棟廢置多時的城堡外面，邊喘氣邊打量這個地方。

城堡外圍長滿了青苔，牆壁有些部分塌了下來，地面上的磚塊有半數以上裂開，長出了樹木的根，就連屋頂也倒塌了一半。

他難以置信這裡是當年的列德爾城堡——那個在引渡人歷史上有著悠久歷史的家族。

「你先歇一下，我需要開啟法陣。」路克早已有所準備，揚起戴著黑色皮套的右手，在門板的四個方向比劃輕點，開始解除法陣了。

白優聿把望月輕放在地上，靠在一旁的金髮少年仍舊雙目緊閉，臉色蒼白如紙。汗流浹背的他嚇了一跳，戰戰兢兢伸指觸向少年的鼻孔，發現少年還有呼吸之後，他立時鬆了好大一口氣。

「臭小子，嚇死我了……」他乾脆在少年身邊坐下，以手背拭汗一邊觀察不遠處的路克。

路克熟練地解除法陣，設在前門的是他祖輩設下的法陣，就算狐狸總帥後來施加了附加的法陣，擅長卸除法陣的路克還是游刃有餘，順利的一一解除。

就在這個時候，一陣風吹來，一股極為熟悉的淡淡香氣飄入白優聿的鼻端。

黑髮男子一怔，立刻四下張望。但附近除了他們之外並沒有其他人，讓他困擾地蹙眉。

這是錯覺嗎？這股香氣和那天晚上出現的香氣很相似！

跟蹤他和望月的神祕人又出現了？

「可以了，聿。」路克回頭招手，發現他的怔愣。「什麼事？」

「沒事。」香氣在這個時候消失了，白優聿將望月背過，跟著路克進去。

城堡內完全不復當年盛華壯觀的景象，這裡有著人去樓空的淒蒼，颼颼涼風自頭頂吹來，塌下的屋頂上方被茂盛樹木遮去，陽光也一併被遮去了，導致這裡變得潮濕陰暗。破損的牆壁上有著深淺不一的痕跡，這些深陷的痕跡都是武器造成的痕跡。

除了牆壁之外，地面上也有不少淡淡的、像是被燃燒過的痕跡。這是法陣被消除後留下的痕跡。

白優聿在火車上大概想過了城堡裡面的景況，但現在所見，這裡比他想像中來得糟糕。

「當年，蘭可帶著伊格從激烈混戰中逃脫，那場激戰造就了此刻的滿目瘡痍。」路克平靜說著。

「當時你也在場？」

「不，因為他的叛亂，列德爾家族全員被梵德魯總帥勒令收押，直到他被梵德魯總帥擒下的那一刻才釋放。」

白優聿微微挑眉。「你們家族的成員不也是總帥的暗使嗎？梵德魯總帥怎麼會——」暗使不就是忠心不二的身分嗎？竟然會被總帥下令收押？

「暗使僅是棋子，棋子是被人主宰的，而不是被人信任的。」路克聳肩。

聽到這裡，白優聿一怔，不禁打量路克的身影。

仔細回想，他認識路克大概也有七年的時間了，但直到昨天才知道路克是狐狸總帥身邊的暗使。

身為暗使，意味著必須無條件遵從總帥的話，即便付出性命也在所不辭。

這種世襲的身分到底是一種光榮的存在，還是另外一種枷鎖呢？

路克在火車上所說的，倏然鑽進他耳內。

愛情的力量，讓蘭可選擇犧牲家族的榮耀和個人的信念。

多年前曾經身為棋子的蘭可也是因為這個原因，所以選擇背叛？

「總帥應該在主廳。」路克指了指樓上。

白優聿深深嘆息。他又要背人走樓梯了！望月這小子雖然不太重，但走了這麼遠的一段路，他其實很累了……

「聿，等一下。」

踏上階梯的路克倏然止步，跟在對方身後的白優聿差點撞上去，他忙不迭穩住腳步邊擰眉怪叫：「搞什麼啊？」

路克的表情凝肅，薄唇蠕動了幾下，說出無聲的話。

「——有人跟著我們進來了。」

白優聿挑高眉，想起進來之前嗅到的淡淡香氣，原來那真的不是錯覺。

「讓我來應付。」路克再次以唇語說著，白優聿輕輕點頭。

「雲鯉，神祇臨世，吾之命號為限制、淨化！」路克的喝斥聲頓時響起。

周圍的氣流登時一窒，拂動的樹葉靜止，習習涼風也戛然而止，破損裂開的地面倏然綻放紅光，一雙栩栩如生的鯉魚浮現出來，地面宛如一池湖水，兩尾鯉魚像是活了過來，不斷來回游動。

「闖入吾之領域者，請以幻歸真！」

隨著那聲吆喝，紅尾鯉魚驀地停止游動，停留的地方逐漸現出兩抹淡淡的人影。

像是被繪上色彩的草圖，那兩抹人影的輪廓、身軀越來越清晰。等到他們看清闖入者是誰之後，二人一愣，白優聿不禁低呼出聲。

「洛菲琳！天孜！」

CH8 白優聿的呼喚

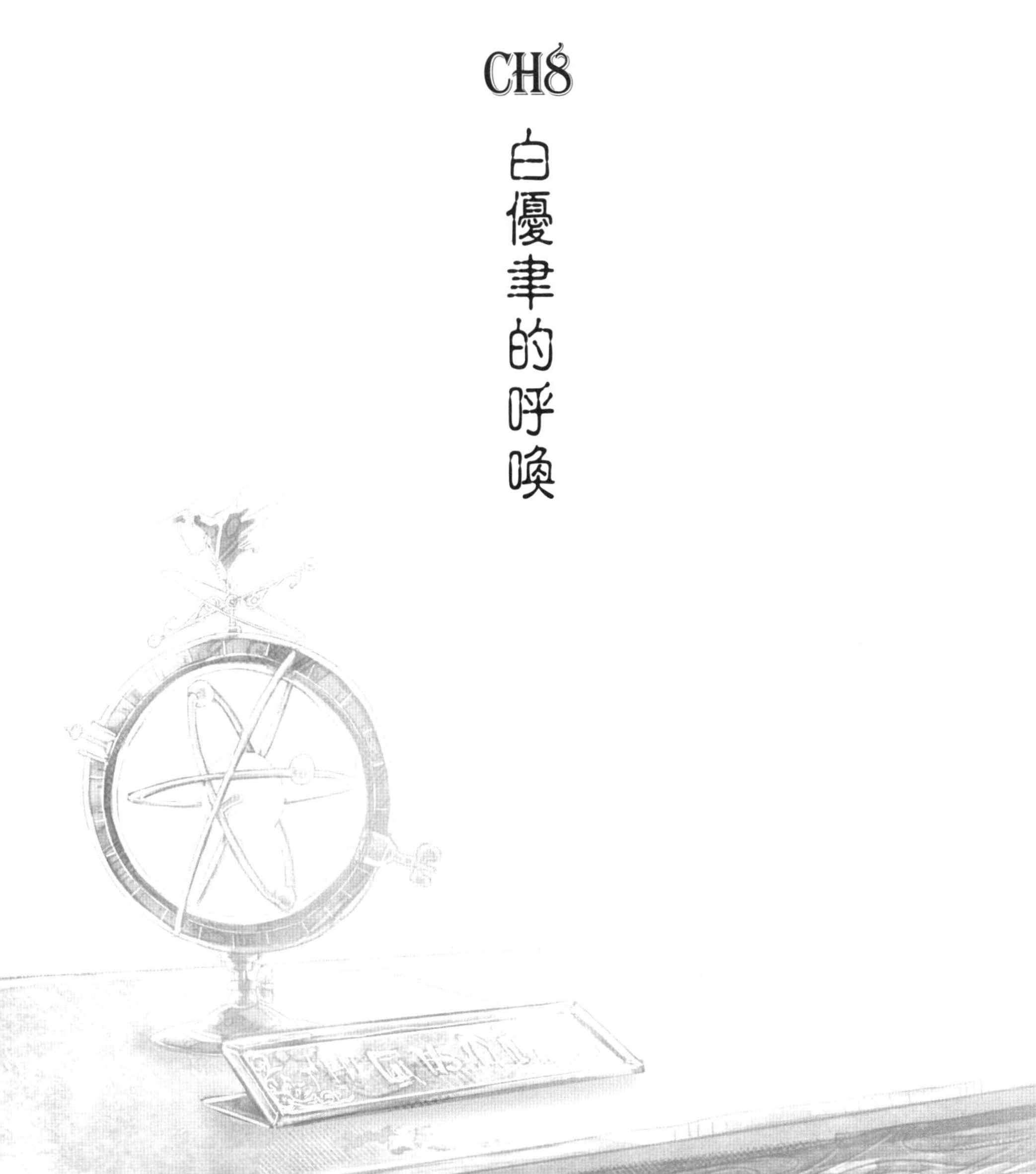

「小表妹，怎麼辦呢？我們被發現了。」

天孜搭過洛菲琳的肩膀，一臉無奈地聳肩，表情輕鬆得像是什麼事情也沒發生。

反倒是洛菲琳俏麗的臉龐變得煞白，眼神微慌地看著他們。

「是你們！」路克神色一厲。「一直跟蹤我們有何企圖？」

「我們……呃、我們……」洛菲琳支支吾吾解釋不出來。

「我們沒什麼企圖。」天孜接話，打量四周一眼。「洛菲琳擔心她的好朋友聿和望月學長，所以跟著你們搭上同一趟車，跟著你們來到這棟舊城堡。」

「如果是這樣的話，為什麼你們要鬼祟地隱身，再利用穹光之眼打開門前的雲鯉法陣？」

「因為要是我們光明正大對你們要求同行，你一定不會答應呀，銀髮的。」

「你的說法很可疑，富有的少爺。」

「好吧，你既然說我們別有用心，你說說看我們會有什麼企圖？」

「這就要問你們了。」

路克和天孜的爭辯，白優聿半點也沒聽進去，他瞇眼看著有些無措的洛菲琳，「洛菲琳，妳一直跟蹤我和望月，對不對？」

洛菲琳抿了抿唇，以複雜的眼神看向白優聿，「不，我只是擔心你們，我利用穹光之眼的便利擅自闖進來這裡是我的不對——」

「我不是說這個。」

白優聿將望月放在地上，來到她面前，深深一吸氣。極為清淡的髮香飄入他鼻端，他分辨得出那是屬於清新的玫瑰香氣。

「我的鼻子很敏銳，嗅出了妳頭髮上的香氣。」白優聿指著她的酒紅色髮絲。「那天晚上跟在我身後、誘使我和望月走出小隊宿舍的神祕人，就是妳！」

洛菲琳瞠目，她顯然沒想到白優聿說出這些話來。她語塞了好一下，這才搖頭，「不，我和天孜並沒有故意引你們離開宿舍。」

這等於間接承認了白優聿的指證，白優聿沉痛地別過臉去，天孜按著額頭嘆息：「洛菲琳，有時候太過坦白是一件蠢事。」

「天孜前輩，我們別再隱瞞了。」

事情發展到了這個地步，她也不需要隱瞞。洛菲琳重重點頭。「沒錯，從我來到莫羅多城的那一天開始，我和天孜前輩一直在暗中監視你們。」

因為奕君的命令，她和喬裝成她表哥的天孜一直監視這對搭檔。

那一夜之前，他們的行蹤被總部派來的索拿發現，費了好大的勁才成功甩脫後者的追尋。天孜為了安全起見，本是要自己一人負責監視行動，但她不答允，好不容易說服前輩讓她加入行動，卻在那天晚上發現另一個神祕人也在暗中監視這對拍檔。

「那天晚上，我看見望月學長和你前後離開宿舍，襲擊你們的人也緊隨你們身後。那人顯然知道我和天孜前輩的存在，但他並沒有對我們出手，相反的，他攻擊你們。」洛菲琳娓娓道來：「那人的目標是你們，我沒辦法告訴你們這個發現，只好一直跟著你們離開莫羅多城來到這裡。」

她其實沒想到己方二人會那麼快被發現，天孜懂得隱身術，她則利用自己的穹光之眼依樣畫葫蘆，按照路克解開法陣的手法進來。

沒想到，路克敏銳的發現到他們的闖入，不到一分鐘，他們被逮個正著。

「聽起來，妳好像真的很擔心我們。」白優聿瞥她一眼，當他發現她就是當晚的神祕跟蹤者之後，他已經不確定自己該不該信任她。

「聿，我沒有惡意……」洛菲琳急了。

「沒惡意？的確，妳只是跟蹤和監視而已。」白優聿只是注視著眼前的人：「為什麼要這麼做？」

那樣的語氣聽起來充滿失望，洛菲琳垂首，掙扎著是否要告訴他實情。

「洛菲琳，我以為我們是朋友。」白優聿揮手，轉身走向內。「算了，妳和天孜走吧，離開這裡，我們現在有正事要辦，沒空招待你們。」

紅髮少女愣住了，只見白優聿淡淡的說著，臉上沒有一絲怒意或恨意，但淡漠的眼神說明他對她的失望。

「聿！我真的不是……不是……」

焦急的她被天孜按住肩膀，一回首才發現她的前輩嘴角掛著淺笑。

「抱歉喔，我和洛菲琳沒打算離開，至少在還沒看清真相之前是不會離開的。」

「這由不得你們作主。」路克冷笑。「別忘了，這是我的地盤。」

「嘿……銀髮的發狠起來會變得很可怕，就好像上次毫不留情砍下美少女莉雅的手臂一樣。」

「……你上次在場？」

「不止我在場，穆邏也在場。」天孜懶得介紹誰是穆邏了。「當時我們還不知道凱爾神父就是魯貝爾．李斐特，等到發現的時候太遲了，蘭可已經把赤色聖環搶走，我們只好空手回去覆命。」

「你們是哪一邊的人？」

「對我們產生興趣了嗎？」

天孜的笑容加深，垂在身側的右手微抬，路克沒讓他來得及出招，一揚手，一個法陣落在天孜的右臂上。

「限制！屬於吾之領域者，一切受阻！」

天孜的右臂無法抬起，連一根手指也動彈不了，洛菲琳驚呼一聲，路克冷冷瞪過去。「現在，趁我還沒打算認真的時候，離開這裡！」

「路克前輩……」洛菲琳急叫，卻被路克冷厲的眼神瞪得說不下去。

「唉，我好討厭會流汗的工作，但是穆邏不在，洛菲琳又不會打架，真是沒辦法了。」天孜一副傷腦筋的表情，使用還可以動彈的左手伸入懷裡，拉出一把銀白色的手槍。

「這種武器在我的雲鯉限制之下絲毫發揮不了作用。」路克冷冷地道。

「是是……謝謝提醒，我不會蠢到以為這把手槍可以對付你，我只是想要這樣而已。」

天孜的槍口對上自己的右臂，猛地扣下扳機。

「啪！」

「啊！天孜前輩！」

鮮血自小孔中湧出，子彈貫穿右臂，附在右臂上的雲鯉法陣因為皮肉的破損而遭到破壞，力量登時轉弱，天孜絲毫不理會眾人投來的驚詫眸光，自顧自的揮動一下右臂之後揚起嘴角。

「瞧，我的手可以動了！」

洛菲琳幾乎要哭出來，路克錯愕不已，白優聿愣愣地說著：「變態啊你……」

天孜不痛不癢的轉動手臂，臂上的小孔神速地收縮，傷口急速痊癒。要不是地上的鮮血證明他剛剛自殘身體，誰也不相信他挨了一枚子彈。

「唉，要是被穆邏知道我這麼做，肯定會被罵死。衣服也弄髒了。」天孜苦著一張臉，把所有的怨氣推在路克的身上。「都是你！現在輪到我出手了，銀髮的！」

原本站在原地的他一揚手，腳下的影子倏然伸長，快捷無比延伸至路克腳下。

路克躍向後，影子像是被賜予生命般的跟著飛蹤起來，化作一道長鞭擊向路克。

路克堪險閃過，一鞭擊下，地面的磚塊登時碎成粉末，銀髮男子往旁一滾，被天孜操縱的鞭子倏然一化為四，前後左右夾攻上來。

「別打！前輩住手啊！」洛菲琳急喊，她實在不想看到任何一方受傷。

白優聿一臉平靜地觀戰，他很清楚路克的實力有多強。

果然，看似避無可避的路克猛地躍起，剛好避過四條黑鞭的攻擊。

天孜卻在這個時候笑了。一枚銀色子彈射出，剛好射向身在半空的銀髮男子，子彈在右頰上劃過，留下一道血痕，後者跌落在地，一手撐在地面穩住落勢。

「我刻意射偏的喔，銀髮的。」天孜的笑容加深。

「我也是刻意的，刻意讓你射中。」路克站了起來，拭去頰上的血跡，冷冷看著他。「然後趁你鬆懈下來的時候，放下了這個。」

一個雲鯉法陣悄然無聲出現在天孜的額頭上。

「銀髮的，你是認真的嗎？」天孜的嘻笑表情逸去，眸光微冷。

「我之前已經警告你了，但你選擇留下。現在你是否好像剛才一樣，打算舉槍自轟？」路克沉聲說著。

洛菲琳驚叫起來，白優聿擰緊了眉。

◌ ◌ ◌

城堡內的氣氛變得凝肅，雙方人馬僵持不下。

洛菲琳緊緊握住天孜的手，她不是擔心天孜會真的玩自轟，而是擔心路克會真的出手傷害天孜。

白優聿的眉頭擰得死緊，就算他十分氣惱洛菲琳和天孜的所作所為，但他也不想看到出現流血事件。就在他打算勸阻二人的同時，身後突然響起腳步聲。

他一驚轉身，來不及看清楚來者是誰，腹部猛地中了一腳，他往後急跌出去。

「聿！」洛菲琳驚呼，看清攻擊白優聿的人是誰之後更驚。「望月、望月學長！」

金髮少年在雙方人馬陷入交戰的時候甦醒過來了。

不過，清醒過來的少年和平時的冷臉少年看起來判若兩人。他嘴角噙著邪笑，眼神充滿玩味，而且讓人驚駭的是——

少年俊美無瑕的臉龐上出現亡靈桎梏的傷痕！

「這是……怎麼回事？」洛菲琳捂嘴，難以置信地退後一步。

這樣的望月學長看起來很嚇人！

「少女，妳在害怕？」望月冷笑，身影倏然消失。

「洛菲琳小心——」

天孜高聲厲喝，動彈不了的他無法上前，紅髮少女一怔，完全反應不過來。

平空出現的望月在她頭頂上方躍落，利刃也隨著在她頭頂刺下。

一抹身影飛撲上來，抱過洛菲琳就地滾開，閃過致命的一擊。

「十字聖痕，光之束縛！」

朗聲吟唱之下，光芒凝聚成繩索，極快拴綁上望月的身軀。路克急忙衝上來。「聿！洛菲琳！沒事吧？」

白優聿搖頭，洛菲琳早被嚇得愣住，好一下才回過神來，驚恐看向跪跌在地不斷掙扎的望月。「聿，望月學長他——」

白優聿鬆開手，對她搖了搖頭。

她說不下去了，難過地看著望月。

「伊格的執念越來越強了，望月的意識完全被她壓制下去。」路克神色凝重地道：「聿，我們立刻去找總帥，不能再拖延了。」

「是，可是……」

「這兩個人喜歡跟就隨他們，我們先去找總帥。」

「路克，你不覺得奇怪嗎？按理說剛才你和天孜的打鬥發出不小的聲響，但是那隻狐狸並沒有出現，我在想……他到底是不是來了？」

路克經他提醒，也察覺出了異狀，但他很快搖頭。「不，那是總帥和暗使們相互通訊的密號，他要我們前來這裡的密令是偽造不出來的，而且這裡並沒有被其他人闖入的跡象，他——」

「也就是說，那封密令只有總帥或是暗使才懂得閱讀和使用？」

「沒錯。只有總帥和暗使……聿，你的意思是?!」

白優聿的意思是除了他這位現任暗使和總帥之外，還有另外一個人懂得使用這些密號！

——前任暗使蘭可！

糟了！路克咬牙，一撤手。天孜額頭上的雲鯉法陣立刻消失，地面上制衡著對方的法陣也跟著消失，他揚聲一喝。「中計了！全部撤退！」

「什麼意思？誰說我們要離開啊？」天孜不忿地怪叫。

路克不答話，率先奔向大門，兩道人影倏然落下，擋住他的去路。

「原來小白的腦筋也不壞，竟然比路克更早猜到這是圈套。」美少女發出銀鈴般的笑聲，比了一個V形手勢。「大家好，莉雅再次和大家見面了！」

「莉雅大人，他們這次多了一個新人，是我最討厭的類型。」站在莉雅身邊的是青佐，他以鄙夷的眼神盯著長得柔弱嬌貴的天孜。

路克退回白優聿身邊，天孜也退至洛菲琳身邊，互覷了一眼。

此刻大家面對共同的敵人，他們必須先放下剛才的爭執。

「還有一個人，琰。」白優聿低聲說著，環顧一眼四周，還是沒發現那個雙目失明，能力卻遠在莉雅和青佐之上的墨鏡男。

「應該說兩個。」天孜插嘴，睨一眼路克。「他哥，蘭可啊。」

「那個人的話，你不必擔心。」路克瞪多事的某人一眼，「他背叛了列德爾家族和雲鯉之神，得到的懲罰是窮其一生，他無法踏入任何擁有雲鯉法陣存在的地方。就算他懂得解開法陣，他還是進不來。」

「難怪他派自己的手下進來，自己卻沒出現。」再次被瞪的天孜一聳肩，「什麼嘛，我只是總結你的理論而已，別用那種可怕的眼神瞅我。」

不想再理會無聊的某人，路克低聲說著：「這樣一來，待在這裡反而最安全。聿，樓上廊道的盡頭有一扇白色的門，門上刻著雲鯉圖騰，那是列德爾家最安全的據點。你帶著望月和洛菲琳進去，莉雅和青佐交給我和他應付。」

「等一下，不是應該我和洛菲琳上去嗎？我遠來是客，你要客人陪你一起做這種流汗的工作？」天孜一臉不讚同。

路克懶得理會天孜，向白優聿比個手勢。白優聿點了點頭。

「商量完畢了嗎？好了的話就派出第一個準備受死的人！」青佐冷笑，長矛指向被他第一眼看到之後就歸類為「應該受死」的天孜。

天孜翻個白眼，他都已經被盯上了，這份流汗的工作不做不行了。

「現在！」路克一喝，白優聿揹過望月，帶著洛菲琳往樓梯衝去。

廊道盡頭的白色大門就在前面——

「洛菲琳！」白優聿回首一喊，洛菲琳摘下眼鏡，穹光之眼一下子看透解開門前法陣的方法，她依樣照做，白色大門上的雙鯉眨了眨眼，門打開了。

「快關上！」

大門在洛菲琳的咒言驅動之下極快關上，奔得脫力的白優聿跌坐在地，被光繩束縛的望月也隨著跌去一旁。

「他們會沒事嗎？」洛菲琳同樣乏力地靠著門板滑落。

「沒事的。」儘管是擔心，白優聿還是說出安慰洛菲琳的話。「我們經歷過更糟糕的困境，到最後還是沒事，所以這次同樣會化險為夷。」

洛菲琳重重點頭，瞥了一眼白優聿，頓時愧疚起來。「聿，我沒想到你在危急的時候還是選擇救我，我之前卻一直欺騙你……」

「我是很生氣，但我做不到眼睜睜看著妳出事。」

「對不起……」她有些哽咽，雙手捂住臉。「我現在就向你坦白，其實我……我是教廷的人，在奕君的安排之下入讀梵杉學園，目的就是要監視你和望月。」

如果她現在還對他隱瞞自己身分的話，她會無法原諒自己。

「原來妳是教廷的人。」白優聿扶額苦笑，他想起了索拿之前對他說過的話。「為什麼教廷要監視我和望月？我們做了讓教廷無法原諒的事情嗎？」

「不，是因為——」洛菲琳說到這裡不禁停頓，奕君的吩咐言猶在耳，她不能違背奕君的命令。

「我暫時不能告訴你，但是，我相信你是無辜的！」紅髮少女握拳說著。

白優聿凝睇她，她雖然什麼也沒說，不過他隱隱聽出她話裡背後的含義。

他記得索拿也曾經說過類似的話。

「教廷覺得我很可疑是吧？是因為我的封印突然消失？是因為我親手殺了自己的拍檔？」他搖頭，微微咬牙：「去他的狗屁教廷！如果他們覺得我有罪的話，直接把我交給中央大法庭，不需要派人來監視我！」

「不是這樣的！等一下，你說你親手殺了……自己的拍檔？」洛菲琳一臉驚愕。

「沒錯！是我親手殺的！妳很吃驚吧？」

白優聿一咬牙，轉身一拳擊在牆壁上，洛菲琳嚇了一跳，下意識退開一步。

一直以來，她以為聿的前任拍檔是被蘭可害死的，沒想到聿卻說是他親手殺了臻。她見過解印之後的白優聿，那種強大無比的力量就是殺死自己搭檔的力量。

「妳很害怕，對吧？」白優聿看到她的惶恐。

「不……現在不是說這些的時候，我們先冷靜下來，外面還有敵人——啊！」

被白優聿倏然攫過手腕的洛菲琳尖叫出聲，黑髮男子的神情變得好哀傷，洛菲琳捂嘴露出懊悔的表情。「聿，我沒有那個意思……」

「妳說得對，外面還有敵人。」他的心沉到谷底之後，思緒反而清醒了。「路克和天孜抵抗不了多久，我們得找個方法通知總部派最靠近的支援過來。」

一說完，他轉身走向裡面打算找出可能存在的通訊器，洛菲琳愣愣看住他的背影，眼眶不禁泛紅。

就在這個時候，身後傳來異動。點點銀光在她面前飛掠，她定眼一看，發現銀光的本體竟然是望月的冥銀之蝶。

而且冥銀之蝶飛撲上去的方向是白優聿的背部——

來不及喝阻，洛菲琳一個箭步奔上，抱住白優聿。

「啊——」椎心之痛襲來的同時，鮮血濺出。

白優聿瞠目轉身之際，他只看見洛菲琳如同慢動作鏡頭般緩緩軟倒，飛舞的銀蝶在少女身後出現，銀亮的雙翼沾上鮮紅的血色。

他小心又戰兢地接過洛菲琳，少女的唇瓣蠕動了幾下，露出痛苦之極的呻吟。血，不斷地從她背部的傷口處湧出，染紅了少女身上的制服也滴落在地。

站在不遠處的金髮少年早已脫困了，以輕蔑的眼神盯著慌亂的他。

他完全明白怎麼回事，金髮少年想攻擊的對象是自己，結果洛菲琳卻幫他擋下了。她明明表露出懼怕他的樣子，但她卻在這個時候幫他擋下攻擊！

「洛菲琳！洛菲琳妳撐住！」白優聿大吼起來，緊緊按住她背部的傷口。「妳聽到我在說話嗎？撐著！別死……」

她的唇白得接近灰色。溫熱的軀體逐漸流失溫度。

他的背脊立時竄起寒意，心跳整個失序，耳朵嗡嗡作響，手心、額頭盡是汗水。似曾相識的畫面在他腦海掠過，三年前，臻就是倒在他懷裡……

歷史彷佛重演了。

金髮少年此刻逸出冷笑聲，他一喝：「望月！這是洛菲琳！你傷的人是洛菲琳！」

「她只是教廷的走狗，剛才她還嫌棄你呢，白優聿。」金髮少年並不是望月了。

「閉嘴！她是我的朋友！是我和望月珍惜的朋友！」

「望月這個孩子已經不在了，你瞧……我取代了他，甚至還呼喚出他的封印。」少年揚手，展示圍繞他飛舞的冥銀之蝶。

白優聿沒再理會少年，他必須救洛菲琳。

他以指劃破自己的手心，滴出幾顆血珠，以血在洛菲琳額前劃下一個十字印記。

「光明之神，以祈願之名，請賜予我守護之力！」

微弱光芒隨著他掌心滴落的血珠綻放，他死命盯著少女可能出現的反應。

少女的背部傷口緩緩止血，雖然他的靈力不強，但以血作為羈絆的治療咒言效用最大也最快，少女應該暫時沒生命危險，只要他能夠及時將她送去治療的話……

但是，他還有一個棘手難題——金髮少年。

「你瞅著我也沒用，望月這孩子沉睡了。雖然我不喜歡這副軀體，不過等待了十三年才等到這個機會，我也沒什麼好抱怨的。」金髮少年，不，應該是意識被伊格執念所取代的少年來到他面前蹲下。「白優聿，可以幫我和蘭可一個忙嗎？」

「我恨不得立刻殺了蘭可！」白優聿咬牙。

「我知道他做了許多讓你們憤恨的事。不過，你沒體會過我們經歷的痛苦，所以你無法了解我們是被絕望所逼。」少年的眼神含著悲意。「等了十三年，我和他只為了等一個可以討回公道的機會。能夠幫我們的只有你。」

「就算殺了我，我也不會幫你們！」

「依你現在的狀況，我不單可以輕鬆殺了你，甚至還可以殺了你懷裡的少女。但是我想給你一個選擇的機會。」少年伸手，輕輕掐過白優聿的咽喉。「如果你現在不答應，你會承受比現在更痛苦的背叛，與其這樣，倒不如先答應我，我讓你無痛苦地成為光明背叛者。」

「我不明白妳說什麼！我更不是什麼光明背叛者！」

「傻孩子，意思是你以後會背叛光明。」少年憐憫地看著他。「這是我生前留下的預言，伊格的預言，是無法逃避的命運。因此，得知一部分預言的教廷和總部才會一直監視你。」

教廷和總部都在監視他？白優聿動搖了一下。

「背叛光明的意思是你會來到我和蘭可身邊，成為幫助我們的關鍵。因此，他們忌憚著你。」少年的手逐漸收緊，白優聿的呼吸變得有些困難了。「說吧，你的選擇？」

飛舞的銀蝶也在候命，等著主人的下令撲向白優聿懷裡的洛菲琳。

他的封印還沒解開，無法抵擋望月的冥銀之蝶，這麼一來，他救不了洛菲琳。

等一下！要拯救洛菲琳也不一定要解開他的封印！白優聿突然靈光一閃。

「我答應妳，但妳要答應我，不可以傷害洛菲琳。」他伸手入懷，掏出一條銀鏈。銀鏈上繫著一顆鑲上金邊的粉色珍珠，他悄然以沾血的掌心覆上珍珠表面。

「我答應你。」少年鬆開手勁，白優聿卻在這個時候使力攫過他的雙腕，將他猛地推撞向牆壁。

珍珠掉在洛菲琳身上，白優聿大聲一喝。「艾美黛，吾誠心呼喚汝的名字，請汝開啟格利多芬之門！」

粉色的珍珠表面驀地出現裂痕，某個半圓形之物緩緩從裂開的珍珠表面浮了起來，擠破了整顆珍珠，珍珠粉末紛紛掉落在地，艾美黛在咒言呼喚之下懶洋洋的出現了。

「啥事啊？小白臉，老娘正在午睡——」

「立刻帶洛菲琳進去格利多芬之門！謝酬也給了，快！」

「喂，小白臉，老娘不是隨便幫你載送貨物用的喔！你當老娘是什麼——」

「快！把她帶給尹諾斯，讓尹諾斯救她！以後妳們開什麼條件，我都答應！」

「噢呵呵呵，早說嘛，成交！」

光芒隱去，艾美黛連同洛菲琳消失在室內，白優聿被少年一拳擊中腹部，隨即被憤怒的少年揪過。

「你竟然帶著開啟格利多芬之門的鑰匙？該死！」

「那是上次借了忘記還的，幸好有她……唔！」

重拳再次揮來，白優聿被打得說不出話，嘴角也淌血。少年猙獰怒吼：「你太可惡了！竟然這樣欺騙我！我要你得到教訓！」

「冥銀之蝶，漫舞！」少年一把推開他。

原本飛舞的銀蝶倏然化作無數道細小光箭，激射向白優聿。白優聿承受如雨般的光箭，頓時軟倒在地。

痛！痛極了……就連呼吸也扯住般地揪痛！

「冥銀之蝶，如月！」月華般的光芒猛然綻放，被光芒籠罩吞噬的白優聿痛吼出聲，被月華之光灼得體無完膚。

「冥銀之蝶，光啟！」

「冥銀之蝶，束縛！」

「冥銀之蝶，旋斬！」

承受一波又一波的攻擊，白優聿連眼皮也睜不開，氾濫的痛意讓他的感官開始麻痺，耳邊只聽少年賣力喝斥，喊著他從未聽聞的招數。

這個臭小子還想沉睡到什麼啊……明明擁有驚人的力量，卻被伊格的執念壓制，這還像話嗎？

「望月……你不感到羞恥嗎？別說我，修蕾看了也……覺得你失敗……」他努力開口。

金髮少年瞇起眼睛微喘氣，連續發動強大的攻擊已經讓他逐漸體力不支了。

「你在聽對不？你說……封印是會認主的，現在你的冥銀之蝶跟人跑路了，你還睡個屁啊——」最後逸出的是痛呼，因為金髮少年一腳踩著他的胸膛。

「閉嘴，他聽不到你的聲音。」

「妳確定？他在聽……望月一定在聽……因為——唔！」

少年用力踩住他的胸膛，欣賞他的痛苦表情。「要不要來個打賭？就算我現在殺你，你的搭檔同樣聽不到你的呼喚，阻止不了我。」

「呵……妳和蘭可真匹配……同樣殘忍卑鄙到極點！」

「謝謝你的讚譽，說再見吧，白優聿！」少年咬牙，吆喝一聲。「冥銀之蝶，神之譴責——」

冥銀之蝶這次變得不同了，一點一點凝聚起來，變成一道綻放光芒的長劍握在少年手中，灼灼光芒彷彿一靠近就會把肌膚燒成灰燼，少年揪起白優聿，劍尖對準他的胸膛。

白優聿凝睇眼前的少年，顫巍巍的伸手握住少年的右腕，視線落在少年右手背上的蝴蝶封印。

冥銀之蝶，你真的認不出誰是主人了嗎？

這一劍刺過來，你的主人會痛苦一輩子，就如同當初我看著臻死在自己手上的情景一樣。

封印就是引渡人的靈魂，守護著主人想要守護的人和物，好久以前，狐狸總帥是這樣告訴我的。

若是如此，要喚醒望月的唯一方法就是先喚醒你。

雖然只有主人的聲音才能夠喚出那句「言」，但這一次請你無論如何都要接受我的呼喚，冥銀之蝶。

因為我要救你的主人，我的拍檔。

光劍就要刺入胸膛的瞬間，白優聿閉目奮力一喊。

「冥銀之蝶，請給光明者指引的方向！」

CH9
承接與選擇

有人在喚著他的名字。

置身一片黑暗當中的望月緩緩轉個身，從昏睡的狀態醒過來，觸目所及的是黑暗，他無法辨識自己所在的位置，也分辨不了聲音傳來的方向。

望月……

那道聲音好像很熟悉，不停喊著他。

那是……對了！那是白爛人的聲音！他想起來了！

白爛人的聲音聽起來充滿焦急，對方一定是遇上緊急危險的事情，他必須儘快趕去白爛人身邊！

可是，他現在身在何處？這裡到底什麼地方？他該怎麼走出這片無盡的黑暗？

該死！要是他走不出這片黑暗，白爛人說不定會身陷危險！

慌急之下，他拚命往前奔去，倏然一隻銀色的蝴蝶由後飛來，在他面前飛舞，他不由自主停下腳步。

「……銀蝶？冥銀之蝶！」他驚訝地發現這隻銀蝶和自己的封印長得一模一樣。

銀蝶在他的驚呼之下落在地面，綻放耀眼的光芒。他得到光芒散去這才睜眼，一個七、八歲左右的小女孩站在他面前，背部頂著一對銀色的羽翼，朝他露出甜甜的笑容。

「妳……妳是？」望月吃驚不已。

「你不知道我是誰嗎？主人。」小女孩揮動一下羽翼，繞著他飛舞起來。

望月瞠目，這種感覺太過熟悉了！他倒抽一口氣。「妳是……冥銀之蝶？」

「答對了！主人！」小女孩落在他面前，親暱地牽過他的手磨蹭。「這裡是心淵，是主人內心的最深處，也是我的棲息之地。」

被小女孩磨蹭的感覺很奇妙，雖然他向來不喜與別人有身體上的接觸，但是小女孩給他一種親切溫暖的感覺。望月怔怔地看著理應只是一隻銀蝶的小女孩。「我為什麼會來到妳的棲息之地？」

「主人忘記了嗎？」小女孩露出苦惱的表情。「主人受傷了，意識被伊格的執念壓制，所以自然而然的，主人來到這個僅能容納主人的區域裡面。」

「這裡是僅能容納我的存在？」他聽不明白，指著她。「那麼妳呢？」

「我是主人靈魂的一部分，當然有資格待在這裡。」小女孩自豪地仰首。

「我不明白。我不明白身為封印的妳怎麼變成一個小女孩，我怎麼會來到這個地方……」望月搖頭，他現在急著要離開這裡，回去外面的世界。「但是，妳應該知道出去的辦法吧，請妳告訴我。」

「可是我不想主人離開這裡。」小女孩嘟嘴。「外面的世界充滿不愉快的，主人出去的話只會承受更多的傷害。主人不也是這麼認為的嗎？」

望月微怔，但他隨即搖頭。「不，外面有人緊張地喚著我的名字，我不出去的話他會遇上危險。」

「那人很重要？」小女孩不解的問著。

望月一下子答不出來。那人對他來說重要嗎?那人向來只會給他添麻煩，彷彿是上天派下來的剋星，而且該死的總是得到修蕾大人的青睞，他不知有多討厭那個傢伙……

他曾經想過不下百遍一定要說服修蕾大人，讓她答應他和白優聿拆夥。他也想過不下百遍各種把白優聿甩下，讓對方自生自滅的方法，因為他無法認同那個男人的懦弱、恐懼和膽怯。

但，每一次看到那人充滿哀傷的眼神，他總會覺得不忍。

最後，他決定了。他會繼續和那個男人搭檔，直到蘭可落入法網為止。

因為他不想再看到那人充滿哀傷的眼神。

「主人？」

「那人其實不是很重要。」望月凝睇小女孩，說出他從未對任何人說過的話。「但如果我不能夠把他從絕望中拉回來的話，我會後悔。」可能是人生中最大的後悔。

小女孩怔怔的看著認真的主人，好一下才點頭。「我明白了。主人想守護的人包括那人在內吧？」

「嘖，我才不屑去守護一個白痴！」望月紅著臉否認。

小女孩發出銀鈴般的笑聲，揚起了耳朵。「我聽見了，他現在呼喚的不止是主人，還包括我。如果主人認同他的話，冥銀之蝶也會認同他，幫主人達成心願！」

望月不解地挑眉，小女孩微笑著揮動羽翼，飛上前抱住她親愛的主人。

「主人，我會帶你飛向他呼喚的所在，可是我無法幫你淨化伊格的執念，一切要靠你和他的努力了。」

充滿殺意的光之劍停在及胸的距離。

那一聲呼喚讓原本凝聚為致命光劍的銀蝶飛散，銀光飄舞之下來到白優聿身周，形成保護白優聿的防線。

金髮少年怒吼一聲，白優聿整個人被推向後。

他狼狽跌坐在地，瞠目看著金髮少年手中的光之劍猛地消失，屬於伊格的陰狠眼神逐漸消失，湛藍的瞳眸恢復之前的清澈。

右頰上的亡靈桎梏傷痕也隱去了，金髮少年以茫然的眼神看向他。

飛舞的銀蝶圍繞在二人面前，形成保護層，那是白優聿平日見慣的防禦。

「死小子……終於回來了！老天！」激動之下的白優聿直接往後仰倒，按住自己的額頭鬆了一口氣。

媽的，他還以為自己再也看不到這個死小子了！

金髮少年按住右臂，腳步蹣跚地上前。冥銀之蝶環繞著他和白優聿，他難以置信地看著白優聿。

「那隻老狐狸說的沒錯，封印就是靈魂的一部分，只要喚醒你的封印，你也同時被喚醒！混蛋望月……」白優聿又笑又罵，揚手用力按了一下他的頭。「我很高興你回來了！」

望月的視線穩穩落在黑髮男子身上，當他發現對方渾身是傷，而且是冥銀之蝶的攻擊所造成的，他不禁瞠目。「這是我做的？」

「別這副表情……我又不是死了。」白優聿搖頭，掙扎坐起。

「到底發生了什麼事？」

向來最怕痛的白爛人此刻遍體鱗傷，卻對著他笑得很開心，那些刺眼的傷痕讓他愧疚得無法正視白優聿。

「我們來到了十三年前禁錮伊格的列德爾城堡。昏睡不醒的你突然醒轉，意識被伊格的執念操控了，對我們施展攻擊。」

「我的意識被伊格的執念操控……」說到這裡，腦海裡頓時掠過好幾個銀蝶攻擊白優聿等人的模糊畫面，他咬牙瞪著白優聿。「你剛才為什麼不阻止我？你可以解開自己的封印阻止我啊！」憑聖示之痕的力量，一定能夠壓制他的冥銀之蝶。

「我不會這麼做。」白優聿拭去嘴角的血絲，凝睇他。「因為我相信你不會對我下手，無論如何都不會。」

他的表情認真且篤定，眼神裡頭有著不動搖的信任。

金髮少年心頭一熱，咬牙不語。陡然間右臂傳來劇痛，他不禁緊緊按住右臂，痛得臉青唇白。

白優聿立刻掀起他的袖子。

少年手肘以上的部位出現一圈又一圈像是被繩索勒過留下的暗褐色傷痕。

該死的！

「亡靈桎梏還在。」白優聿成功喚回望月的意識和冥銀之蝶，完成了第一條件的呼喚，但還是無法成功淨化執念。「尹諾斯說的沒錯，只有成功辦到第二條件的承接，亡靈桎梏才能夠徹底淨化。」

望月看了他一眼，並不說話，他搖了搖頭。

「我急著完成第二條件的原因並非為了練成心靈共鳴，對付蘭可固然重要，但我更希望你——」

「我知道。」少年打斷他。

「啊？可是我還沒說完，你的表情好像在告訴我，你誤解了我的意思……」

「你是不是男人啊？婆媽得要死！你可以豁出性命喚醒我的意識，難道我還會懷疑你？」

久違的中氣十足怒吼聲響起，金髮少年揪過他大罵，口沫全濺在他臉上。白優聿怔怔看著發怒的少年，對方咬牙說著。「我完全明白你的意思！」

他現在僅能暫時壓制伊格執念，時間一長，伊格的執念說不定會再次取代他的意識。唯有承接至高無上的聖潔力量，他才可以掙脫繭縛。

白優聿想說的正是這一點。

「……望月。」白優聿握了握拳，表情帶著猶豫。「雖然我不知道我能不能夠……但你願意一試嗎？」

「不這麼做的話，我們還有其他方法可行嗎？」

「……當然沒有。」

「白優聿。」望月拉高自己的袖子，讓他看清自己臂上的亡靈桎梏傷痕。「既然這是唯一的方法，我們就放手一搏。」

白優聿凝睇那些可怕的傷痕。望月的生命力正逐步被侵蝕，意識也被執念逐漸取代，此時此刻唯一能夠改變結局的只有他。

「萬一我失手的話，你會死。」他深吸一口氣。

「那麼，你就別失手。」似曾相識的一句話逸出，少年堅定說著。「我相信你不會失手。」

相信……嗎？白優聿還是第一次聽到望月說出相信自己的話。

相信你自己的聲音可以喚醒他，相信你和他是屬於一體，只有投以信任，他才能感應到你的心意，為你守護你在乎的一切。

只要他不抗拒、不懼怕，聖示之痕必定為他守護他在乎的人。

這是狐狸總帥告訴他有關封印的真正定義。

他記得，當年狐狸總帥是如何自信地化解美娜背上的法陣，那種掌控自如的感覺，他必須記起……

「但現在的問題是你無法自行解開封印。」望月倏地挑眉，想到這個重要的問題。「沒有聖示之痕，你該怎麼完成『承接』這個條件？」他的鮮血受到汙染，該怎麼幫白優聿解開封印呢？

外面在這個時候傳來轟隆轟隆的打鬥聲，白優聿一怔，路克和天孜二人正陷入激戰。

望月大概也猜出了外面的戰況劇烈，臉色變得煞白難看。

白優聿已經沒有後退、猶豫的餘地了。他閉眼複習著當初在小莎遇險、望月遇險的時候，他自行解開封印的感覺……

當時的他完全沒顧慮自己解印之後會有什麼後果，只是一心想要保護這些人。

他現在需要的……就是這種感覺。

「望月，站好別動。」他說著，自己後退一步，撫上自己左邊的脖子。「我將喚出聖示之痕。」

列德爾城堡傳出轟隆的聲響。

塵土飛揚之下，兩抹身影一前一後落在地面，不約而同看向前方。

地面的磚塊被以影子化作的長鞭擊得粉碎，使用影子和銀槍作為武器的天孜雖然看似占了上風，但是他的對手即使身上傷痕累累依舊不願退下，彷彿不懂得放棄這兩個字的定義。

根據情報這個叫做青佐的男人擁有一柄喚作「黑剛」的長矛，此武器的能力是透過毒素控制人的行動能力，但在雲鯉之手的絕對領域之中，路克的限制能力完全壓制了黑剛的發揮，那把雪白長矛只不過是一件普通的武器。

就算青佐有莉雅的幫助，每每在臨危之際二人充分發揮互補的作用，因此擋下了他和路克的攻擊，但對方二人始終無法突破他和路克防守。

更別提是要打敗他們追上白優聿等人。

他們的目的到底是什麼？天孜開始起疑了。他瞄了一眼身側的銀髮男子，對方顯然也想到了這一點，放緩了攻勢，嚴守著防線的同時打量青佐和莉雅。

就在這個時候，樓上傳來一陣巨響，緊接著一股強大無比的氣流湧了出來，讓戒備中的路克和天孜驚愕互覷。

然後他們聽到了女人的尖聲呼喊。

「……洛菲琳！」天孜只想到這個可能性，向來嘻皮笑臉的表情頓時逸去，急著轉身衝上樓。

咚——一把長劍重重插入他跟前，如影般的黑衣人掩至，攔下他的去路。

「是你！」天孜硬生生止步，一下子就認出此人是當晚故意引白優聿和望月出來的神祕人，也是攻擊潘隊長的攻擊者，他冷哼：「原來你和蘭可是同路的！」

路克聞言同樣挑眉，一人悄然落在他身側，他一驚之下連忙後躍，仔細一看自己原先站立的地面已經被黑霧吞噬出一個大窟窿，他咬牙瞪向戴墨鏡的男人。「是你……琰！」

琰嘴角一勾，「我們又見面了，路克．列德爾。」

路克打量眼前四人，他和天孜被這四人包圍在中心，這一下優劣之勢登時擰轉。

「蘭可大人有了最新的指示，大家各守崗位，準備進行完成『噬』儀式的最後一個關鍵。」琰朗聲說著。「收回伊格的執念！」

路克一臉震驚地看著琰。他們要收回……伊格的執念？可是伊格的執念此刻正附在望月的身上！

慢著——剛才出現的強大氣流和女人的尖叫聲是否意味著白優聿和望月等人出了事？

「當然，要讓蘭可大人重臨此地的唯一方法，就是先制伏這裡的雲鯉！」琰冷笑。

「就憑你們？」路克冷哼。這裡是他的地盤！

「你不如先看了這些畫面再說。」琰打起一記響指，平空出現好幾個影像，投射出一幕幕驚人的畫面。

畫面中有不少小孩在哭泣，小孩的背後是一群緊緊抱著孩子的父母，大人與小孩的臉上盡現出驚恐和淚意。

他們被關在一個看起來像是禮堂的空間內，四個角落的上方各有一顆球體般大小的白色水晶球，懸在半空晃動的水晶球體內藏了一個立體的六角星圖騰。

路克對這個六角星圖騰並不感到陌生。那是蘭可被逐出引渡人總部之後自行研發的法陣。

「連瑞城共有十所學園，我和澤拉挑了五所，孩童的年齡介於五歲至十歲，每一個小孩歡欣地等著父母接送他們放學，我和澤拉剛好趕在他們離開之前，把他們請進六角星法陣裡面。」琰說著，擋在天孜面前的黑衣人正是他口中的澤拉，「水晶球體內的六角星法陣是蘭可大人的傑作，只要他心情不好，法陣將被啟動，這些小孩與大人將連同學園被法陣的力量夷為平地。路克，你應該知道蘭可大人的脾氣，他心情不好的時候絕不是鬧著玩的。」

路克盯著那些浮現的畫面，咬牙。「你要以此威脅我卸下雲鯉的防禦，讓蘭可進來？不可能！」

「那麼這五所學園的小孩將因為你的堅持而死亡。」

「你別忘了連瑞城還有總部的小隊在駐守！他們能夠救出這些小孩！」

「噢，我深深懷疑他們能不能夠同時趕到五個不同的地點、及時救出這些小孩。」

「你們這些混帳！」這一下就連天孜也忍不住爆粗口，他舉槍對準澤拉一喝。「路克！別答應！他們只不過是要你退讓，不會真的這麼做！」

琰發出低低的笑聲，嘲笑天孜的樂觀。路克一抬頭，赫然發現大門處站著一抹熟悉的人影。

男人一頭銀色短髮，有著一張和他極為相似的俊美臉龐，但右邊臉龐卻是殘缺的，一大塊皮肉被剖下來，生長出來的肌膚變得凹凸不平。

那是蘭可，這人終於出現了。

「路克，你知道我為了伊格是絕對不會猶豫的。」蘭可平靜地道，他捂著脖子上繫著的銀鏈，銀鏈上有一枚紫色長形水晶，裡面蘊涵的神祕力量正在竄動。

他現在僅剩下伊格的執念就能夠把名為「噬」的復活儀式完成。

這些年來，他一直無法踏入這棟以雲鯉結界守護的城堡，偏偏伊格的執念就被禁錮在這裡。唯一能夠讓伊格的執念脫離雲鯉的禁錮，就是讓伊格的執念沾染上外人的身體，再轉而被至上力量逼出，他才有機會收回伊格的執念。

伊格的執念是伊格靈魂的一部分，只要得到她的執念，被他藏在紫水晶內的亡魂伊格將變得完整。

屆時，他就可以把完整的亡魂置入得來的軀體之內，讓伊格再次回到他身邊。

他好不容易等到伊格的執念沾染上望月的身體，估計白優聿正在努力逼出望月體內的執念，他必須在這個時候及時收回伊格的執念……

因此，他會不惜一切也要進入城堡。蘭可瞇眼。「路克，別考驗我的耐心。」

「我知道，你當年不惜召喚被弗德害死的小孩亡魂們，讓他們化作七級惡靈攻擊無辜居民，現在你更不會顧及這些小孩的性命。」路克深吸一口氣，咬牙。「我答應你！但你必須先卸下六角星法陣！」

聞言，蘭可的眼神掠過一絲的黯然，在路克懷疑自己看錯的時候，蘭可以充滿嘲弄的語氣說著：「你沒資格和我談判，你只能選擇照做或是等著看他們死！」

路克咬牙握拳，最終無可奈何地垂手，按上自己的右腕。「雲鯉，退卸。」

守護整棟城堡的雲鯉法陣頓時逸去，所有的法陣失效了，蘭可大步走了進來，包圍著路克和天孜的四人並沒有鬆懈，等著他們的頭領一步步上樓，走向廊道盡頭的那間房。

純白色大門上的雙鯉不見了，沒了阻攔的蘭可長驅直入，映入眼簾的是倒在地上、一息尚存的望月，還有站立在望月面前，雙手沾滿鮮血的白優聿。

他對這兩人暫時沒興趣，抬眸看到了飄浮在半空的一團紫氣。

「伊格，我來了。」他第一次發出真正的笑容，舉起脖子上的紫色水晶。

紫氣在他的召喚之下緩緩滲入水晶內，紫色的水晶登時轉換變成黑色，他有些激動地雙手捧著黑色水晶，眼眶泛紅。

「……蘭可。」白優聿此刻艱難開口，樣子看起來糟透了，像是隨時會倒下。

意外的是，黑髮男子並沒有在完成「承接」這個條件的過程中殺了自己的搭檔望月。

「辛苦你們了。」這組搭檔真的為他帶來不少的驚喜。

蘭可冷笑中轉身，白優聿一咬牙揚手，細線登時纏了上來，蘭可不閃不避，頭也不回揚手。「十字聖痕，月光落華之令，聖盾！」

強大無比的光之盾牌出現，擋下了白優聿的細線，為解開封印、完成「承接」條件耗盡體力的白優聿無法再施展攻擊，衝上兩步隨即跪倒在地。

「好好珍惜得來不易的封印，我期待下次與你真正的交手。」蘭可撂下這句話，大步走出，卻在幾乎走到樓梯口的時候停下腳步。

一個戴著眼鏡的頎長男人斜倚在走廊上，迎上他的時候推了推眼鏡，反光的鏡片讓人看不清他的眼神，卻能夠讓人感受到他身上的凜冽氣息。

另一個擁有完美身形的長髮女人雙手環抱站在樓梯口，在他停下腳步的同時站直了身體，隨著女人的甩髮動作，絕美佳人變成一個俊美陰柔的男人。

蘭可微怔，沒想到這麼快會和這兩人碰面。他冷笑，喚著二人的名字。

「好久不見了，廉、修蕾。」

CH10
心靈共鳴

「那兩人難道是……」莉雅愕然地看著樓上的兩道身影。

這兩人的速度快得驚人，從天而降出現在樓上，他們根本沒察覺這兩人何時進來。

「一個是引渡人的總帥，一個是梵杉學園的理事長。」琰雖然失明，但他能夠感受得到那兩人身上的強大靈力。

莉雅臉色一變。「蘭可大人……我們需要支援蘭可大人！」

琰蹙眉不語，驀地揚聲一喝。「莉雅小心！」

地面的影子倏然湧上，化作一把銳利長劍，刺向分神的莉雅。莉雅驚呼一聲，一抹黑影極快掠上，擋下攻擊，此人正是青佐。

「青佐，天啊……」莉雅捂住心口，瞪著不聲不響展開襲擊的天孜。「莉雅生氣了！你等著變成裴格斯的養分吧！」

「莉雅大人，這人是青佐的獵物，請妳把凌遲他的機會讓給我！」

「這樣不太好，莉雅也想報仇啊，不如我們先合力把他殺掉，然後他的屍首交給你處置！」

「是，莉雅大人！」

那邊廂的三人已經開始陷入混戰，路克依然佇立原地，抬頭看著樓上蓄勢待發的三人。他的視線落在銀髮男子身上的時候，眼神變得有些哀傷，悄然握緊了拳頭。

「你不打算加入戰局嗎？路克。」

「你和澤拉不也一樣，琰。」他睨了二人一眼。

「我和澤拉的任務是守護蘭可大人，所以你和那個富家少爺不是我們的目標。」琰準確無誤指向在莉雅青佐二人合攻之下節節敗退的天孜。「我還以為你至少會幫一幫他。」

「教廷的人向來生命力頑強，不需要別人操心。」如果天孜只有那麼丁點的實力，教廷的人應該不會把他派過來，路克一點也不擔心這人會遭到莉雅和青佐的毒手。

「原來教廷的勢力也加入了。」琰若有所思地頷首。

「你們不也加入了一個新勢力。」路克打量著墨鏡男身邊的澤拉。澤拉的臉部、頭髮纏上黑布，包得密不透風，讓人看不清他的長相，一雙淡漠的黑眸中有著異於常人的冷靜和深沉。

這個澤拉身上散發一股危險的氣息，像是埋伏在暗處的眼鏡蛇。

路克盯著澤拉，對方握劍的方式很奇特，僅以拇指、食指和中指扣緊劍柄，他似乎哪裡見過這種握劍方式……

「開始了。」澤拉突然發聲，聲音嘎啞低沉，像是老人發出的嗓音。

琰和路克一怔，不約而同看向樓上。

總帥和修蕾一左一右攻向站在原地的蘭可，眼看大拳和飛腿就要擊中蘭可的身軀，銀髮男子手一揮，六角星法陣同時出現在自身左右，擊在法陣上的二人同時往後彈開。

「十字聖痕，譴罰狂傲之風，降臨！」

強風颳起，化作銳利的風刃襲向總帥和修蕾，蘭可念完咒言的同時從懷裡抽出六張白色符紙，往上空一擲，符紙隨風落在地面，剛好落在六個方位上。他吆喝一聲。「從吾願者，來自冰寒深處的久遠魔神，凍結冰封！」

總帥和修蕾分別落在牆壁上，地面瞬間結冰，一個黑色影子從天而降，變作一隻巨大的白龍，大嘴一張，噴出寒慄的雪與風。

「十字聖痕，紛揚爆破！」巨大的火球立即激射向巨龍。

雪與火產生碰撞，強大的爆炸力量向上湧去，城堡的屋頂再次塌了一角，底下的人紛紛避開，蘭可微愕看著喚出十字聖痕咒言的總帥。

「真不愧是雲鯉之聲的繼承人，封印雖然去了一半，還是可以用聲音喚出遠古魔神！」

總帥推了推眼鏡，穩穩站在被雪鋪蓋的地面。

「謝謝讚譽，下一擊我會出盡全力。」蘭可瞇眼。

十三年不見，昔日戰友竟然進步到單以一句十字聖痕擋下久遠魔神的攻擊，若他不使盡全力，今天他和夥伴們應該很難離開這裡。

「那就交給修蕾了。」

總帥指向他身後，蘭可一驚轉身，三個六角星法陣出現他面前，藏在法陣背後的是一個俊美陰柔的長髮男子，正是轉換性別之後的男版修蕾。

「那是蘭可大人的六角星法陣！」下面的莉雅不禁驚呼。

蘭可咬牙躍起，三道雷電之光驀然從六角星法陣的中心激射出來，巨龍的頭顱、身軀被雷光擊得斷成三截，伴隨淒厲吼聲響起，被召喚前來的久遠魔神消失了，鋪蓋地面的雪和颳起的風也隨即消失停止。

「嗤！光影雙狩的力量！」蘭可平穩落地，憤然一吼：「我的力量絕不是你可以隨意複製的東西！」

「嘿，我沒說過我要複製！」修蕾的動作奇快，欺身上前，大手探向蘭可脖子上掛著的黑色水晶。

蘭可冷笑，閃也不閃，一道黑影在修蕾背後出現，寒光掠過——

髮絲飛揚落下，往旁躍開的修蕾摸著被削去的髮尾，冷冽的眸光瞪向護在蘭可面前的澤拉和琰。

澤拉的長劍一抖，發出錚的一聲，琰擋在總帥身前，緊緊守護蘭可。

蘭可哈哈大笑出聲。「十三年前你們阻止不了我，十三年後亦然！」

「你還能夠繼續躲下去嗎？」總帥搖頭，「蘭可，沒路走了，總部的長老們已經決定不惜一切的反擊，你們區區幾人抵擋不了總部的隊伍。」

「我沒打算躲！伊格的靈魂已經完整了，接下來我會讓她復活！」蘭可冷笑：「你們誰也阻止不了！」

「復活？然後呢？再次跌入復仇的桎梏，再次面對分離？」總帥以同情的眼神看著他。

「這一次，我無論如何都不會和她分離。」蘭可咬牙。

「生死由天，輪迴是逝者的終點，我們改變不了，曾是引渡人的你應該比誰都清楚。」

「少在那邊說教！你和修蕾當年都背叛了我和伊格！這是改變不了的事實！」

「沒錯，當年的事誰也改變不了，我只不過想盡一次朋友的責任，勸解你。」

「遲了十三年的勸解還有效用嗎？洛廉，如果你們非要阻攔，我只好這麼做。」蘭可冷哼。「我以雲鯉之聲操控——」

「休、想！」一聲暴喝響起，白優聿腳步蹣跚地上前，眸光盡是深沉的怒意和恨意，他咬牙指向蘭可。「我會親手殺你……讓你和該死的伊格滾回輪迴之門！」

「你以為望月承接你的力量，你就成功辦到了心靈共鳴嗎？無知！」蘭可冷冷瞪著膽敢出言侮辱伊格的白優聿，登時決定了。「你應該得到懲罰！起來吧，望月蓮司！」

眾人一驚，金髮少年跌跌撞撞走上來，少年木然的眼神讓白優聿全身一震，這眼神和少年被伊格執念控制的時候一模一樣！

但，少年走沒兩步，臉上突然出現掙扎的表情。他痛苦地看向白優聿，一記手刀毫無預警擊上少年的後頸，少年雙眼一翻，登時往前撲倒。

修蕾接過昏去的少年，冷睨蘭可。

「蘭可你該死！」白優聿憤然大吼，封印化作的細線登時襲向蘭可。

澤拉一個箭步衝上，長劍直刺向白優聿。黑髮男子一揚手，他毋須念動任何的咒言，聖示之痕的力量就是咒言的本身，驚雷毫不留情地朝澤拉頭頂劈落。

對方後退閃過，一個巨大的手臂從地面湧起，擋下驚雷。一個以石塊堆砌而成的巨人緩緩從地面站起，重重一拳揮向白優聿。

白優聿驚險地閃開，細線纏上石頭巨人的手臂、腳踝，用力一扯之下，巨人的四肢被絞斷，石頭巨人慘呼聲中倒地，撼動了整個地面，城堡的屋頂、牆壁再次劇烈晃動，處身樓上的總帥和抱過望月的修蕾紛紛躍下。

轟隆聲響不斷，樓梯和廊道終於承受不了這股劇烈的晃動而塌下，激起一片塵土。

「咳咳咳……該死蘭可……」

「別追，他們走了。」總帥攔下白優聿。

「可是——」

「他不單是你的敵人，還是總部的頭號通緝犯。」總帥按著白優聿的肩膀，篤定地道：「一如我之前說的，他無法再躲下去。」

白優聿咬牙，看著滿目瘡痍的城堡，再看向昏在修蕾懷裡的望月。好半晌，他才低聲道：「我也不會讓這個人繼續躲下去。」

「暗使必須定時向總帥彙報行蹤，當火車行程受到耽誤，我向總帥彙報我們會遲到，總帥發現事有蹊蹺，所以才趕緊通知修蕾大人一起趕到列德爾城堡。」

說完的同時，路克也幫望月紮好了傷口，望月默默聆聽，眼神落在窗外。

這裡是引渡人在連瑞城的小隊駐點，比起莫羅多城的小隊駐點，這裡的小隊成員比較多，而且占地更廣。

從昏迷中醒轉，守在身邊的是路克，銀髮男子坦白告訴了望月自己的身分，也告訴了他事情的經過，他聆聽完畢之後，目前最關心的只有兩個人。

「……洛菲琳呢？」他終於開口問著。

望月從路克口中得知自己的意識遭到控制之時攻擊了洛菲琳，讓後者受傷，白優聿逼不得已之下利用艾美黛把洛菲琳送往格利多芬之門。

「聿把她帶回來了，經過治療之後沒大礙。」現待在隔壁房間由天孜守住。

望月略微地微鬆一口氣，等洛菲琳甦醒之後，他一定要好好向她道歉。至於另外一人，他的眼神投向門口，仍是沒見到那人的身影。

「你要找聿的話，他和總帥大人、修蕾大人一起。」路克知道他要找的是誰。

「我沒說過要找那枚爛人。」望月鬆了鬆肩骨，下了床走向門口。

路克咦了一聲，「你不是說不想找聿嗎？」

「哼！我只是不想讓他有機會和修蕾大人獨處並趁機邀功。」

「……他哪裡有機會和修蕾大人獨處？總帥大人也在啊，真是的。」路克苦笑看著少年急切離開，然後把視線放在自己手上。

手上的雲鯉圖騰依舊鮮明，他想起那個曾經擁有雲鯉圖騰的血親，現在卻如同陌生人的蘭可，不禁嘆息起來。

望月很快的找到了修蕾大人所在的地方。他敲了敲門，裡面應了一聲之後才進去。

「總帥大人，修蕾大人。」他恭謹躬身，眼神淡淡瞥了一眼佇立某個角落的黑髮男子，頓時暗自鬆了一口氣。

「你來了，傷勢好多了嗎？」總帥親切的一笑，示意他坐下。

「是，無大礙了，謝謝總帥大人的關心。」他找了一個位子坐下，對面正是修蕾。他有些不自在地道：「修蕾大人，也謝謝妳。」

「謝我？嘿，如果我沒有親眼看到的話，我還不知道自己教出來的學生是一個蠢蛋。」變回女性身分的修蕾撩著髮絲，冷冷說道。

「真的很對不起。」他垂首，知道修蕾大人無法諒解他身為引渡人卻染上伊格執念一事。頭頂突然被人敲了一記爆栗，望月愕然抬首，修蕾斂眉一嘆。

「發生那麼重要的事情，我卻是最後一個知道的人，你不是蠢蛋的話就是把我當作蠢蛋。」

「我、我絕對不是這個意思！修蕾大人！我只是不想妳當我是弱者……」

「那就變得更強給我看。」

「是！遵命！」

總帥噗嗤一聲笑了出來，得到修蕾的一記冷瞪，他清咳一聲，說著：「聿，望月你們先出去，我和修蕾有要事要談。」

望月應了聲，白優聿則一語不發隨後出去，在門關上之後，總帥瞥了一眼修蕾：「妳非要用這種語氣和小望月說話嗎？明明就是很擔心人家。」

「我喜歡怎麼對待他是我的事，你還不是時常愚弄白優聿？」

「那就扯平吧。」總帥輕笑搖頭，坐在桌沿，表情逐漸變得凝重。「這一戰，妳有發現到嗎？」

修蕾甩了甩頭，撫著被削去的髮尾。「如果你說的是這個的話，我可以告訴你，我肯定那人是『她』，因為我觸摸到了對方的真正力量。」她的手如同洛菲琳的眼，可以觸摸一切的真相。

「也就是說蘭可擺了咱們一道。」總帥摸著下巴。「他想利用『她』得到聿的力量？」

「誰知道呢……但，預言上所言的一切正逐步實現。」修蕾瞇眼。「他終將以光明背叛者身分甦醒。這個人的身分十三年前只有我們和蘭可知道，但現在教廷的人應該也推測到了這人是誰，所以奕君才會有所行動。」

「不止教廷的人，長老們也起疑了。」

「你還可以保護白優聿到什麼時候？」

「妳說呢？」

互覷一眼之後，二人同時陷入沉默。

廊道上，兩個拍檔一前一後緩步而行，直到前方的望月停步，白優聿才隨著停步。

「我們終究沒練成心靈共鳴。」少年打破沉默。

「尹諾斯說了，就算你成功承接我的力量，我們還需要一段好長的時間鍛鍊才能成功，慶幸的是最終逼出你身上的伊格執念……」

「而且同時的，你可以自行解開封印了。」望月回首，一臉正色。「這證明你已經走出過去的陰影，不需要再靠我的血液，我們也毋須繼續搭檔下去。」

「你在說什麼啊？」

「我知道你一直不喜歡和我搭檔，現在我們沒有搭檔的理由了，對你來說不是解脫嗎？」

「……」

媽的！這個臭小子是撞到頭了嗎？這些話聽起來有幾分像是情人分手才說的話！白優聿瞪著他。「沒錯，我很不喜歡你，一開始就不喜歡到現在，以後也說不定也會繼續討厭下去。」

望月挑了挑眉，淡漠得一點反應也沒有，轉身就走。

「但我不後悔和你搭檔。」

這句話讓少年停下腳步，肩膀被人攬過，白優聿噙著礙眼的微笑湊前。「因為我知道你是唯一一個在我墮落的時候拉我一把的人。」

唯一一個……望月想起了自己在心淵之時與冥銀之蝶的對話。

那人其實不是很重要，但如果我不能夠把他從絕望中拉回來的話，我會後悔。

所以，當時的他決定了。不管以後發生什麼事，他一定會拉這人一把。

望月的嘴角勾出微乎其微的笑意，卻伸肘頂開白優聿。「讓開點，噁心。」

「我哪裡噁心了？你不知道尹諾斯那個偽天使比我更加噁心，她對我做了多少天怒人怨的事，都怪我，我不該說只要她治療洛菲琳我就任她處置這句話……」

「吃一點苦算得了什麼，吵死了。」

「話不是這麼說，望月，我一定要告訴你尹諾斯對我做過的事……」

「我不想知道。」

兩人一路抬槓走下去，危險和陰謀暫時遠離了他們。

寧靜的早晨，窗外的鳥兒在歡唱，一個隱於窗底的人悄然溜開。

梅斐多城　引渡人總部

這裡是只有長老們能夠進入的重地，所謂長老，意即當年退位之後的幹部們，當然這也包括了前任總帥——梵德魯．雲菲特。

一人悄然避過門外的守衛，溜進了重地。他毫不猶豫地推開左首的第一扇門，極快閃身進去。

「梵德魯大人。」一進到裡面，那人摘下面具，露出一張剛毅粗獷的臉孔。

他是一個身材健碩皮膚黝黑的光頭男人，右耳垂上掛著一個手工粗糙的金環，恭謹對著正在品茗的老人躬身。

老人的臉上滿是滄桑，但昔日的威勢讓他的眼神永遠是堅毅的，他放下茶杯。「你來了，索拿。」

「是，索拿按照梵德魯大人的指示，跟蹤白優聿和望月這對拍檔直到他們進入連瑞城的駐點，這才離開。」

「好。這次有什麼發現？」

「是。」索拿當即仔細說著他這段日子來的觀察和經過。

老人邊聽邊點頭，聽到索拿提及在列德爾城堡遇見蘭可眾人之後，他的眉挑了一下，表情變得冷凝。

好一下，他搖頭嘆息：「這個孩子，過了十三年還是如此執迷不悟。」

「雖然洛廉和修蕾同時出現，但他們還是沒辦法壓制蘭可，最後還是讓蘭可帶著伊格的執念逃了。」想到蘭可輕鬆召喚上古久遠魔神的情景，索拿不禁心頭一震。

當年封印完整的蘭可到底強大到什麼地步呢？

「他們不是沒辦法壓制蘭可，那兩人可是引渡人歷史上唯一一組成功練成心靈共鳴的搭檔……」

「索拿不明白大人的意思。」

「沒什麼。你辛苦了，暫時退下休息，我需要好好部署計畫的下一步。」

「是。」

等到索拿離開，梵德魯這才站起，負著手走向落地窗前，仰首看著外面的藍天白雲。

「他們不是沒辦法壓制蘭可，他們只是想讓事情順應著預言走下去……」梵德魯摸向玻璃鏡面，冷笑：「你們以為這樣的話就可以看清楚真相？」

真是一群無知的後輩。

接下來，他真的要好好部署下一步，最好是給這些無知後輩一個措手不及的突襲。

他隨即擊掌，門外的守衛進來，他吩咐了。

「通報下去，我要見一見淵鳴分設的掌樞。」

「遵命。」

梵德魯滿意地看向外面的好天氣，他會力保自己世界裡的這片藍天白雲，不讓任何人破壞。

〈女神的執念　完〉

後記

最惡拍檔

終於到了第四集，白優聿在這一集裡面總算有機會發揮一下身為主角該有的帥氣。話說這號人物一直以來都好像以廢柴的形式存在著，有時候我也會懷疑他到底是不是史上最沒作為的一號男主角……

這次換作望月被人保護了，望月好像從頭就病到尾（？），還倒楣的意識被伊格執念控制，完全給了白優聿發揮的機會，不過故事寫到最後有些不太順利，因為總覺得好像有許多地方需要交代的，但限於字數，只能夠交代其中一些，最後還是決定把來不及交代的拖去下一本。

在這一集裡，親親路克也占了不少戲分喔，他和蘭可的過去還有他為何總是知道一些幕後消息這一點，總算也在這一集裡面交代了。唯一扼腕的就是沒辦法把他寫得更帥（這完全是作者的私心！），另外在故事尾聲也讓總帥和修蕾以拍檔方式出場。至於攻擊潘隊長的神祕人澤拉會在下一集繼續出現，他扮演著相當重要的角色，其他的反派角色也會逐漸占更多的戲分，白優聿和望月這組拍檔當然也會繼續坎坷下去，希望可以寫出一個比較不一樣的故事吧。

最近的日子似乎過得特別忙碌。年頭安排的計劃到現在好像沒一件進行得順利，其中一件就是想繼續深造，但考慮到正職和這份兼職的忙碌性，深造這個計劃遲遲沒進行……在此祈禱希望這個計劃不要泡湯，不然我已經不知是第N次把計劃延後，無限期的延後只會讓自己覺得更加心煩就是了。

其二，過年期間就打算開一個部落格的我直到現在還沒正式行動。本來想趁年假把這個計劃華麗的實行出來，但計劃總趕不上生活的變數，才休息個兩天，大年初三趕回銀行上班的我再度把計劃延後，結果到了現在還是什麼都沒做，希望大家看到下一本書的後記時，我真的已經把秋十的部落格做了出來……（淚奔）

另外，就是希望今年至少要努力填好兩個從以前就留下的坑，那些都是剛開始接觸輕小說的時候挖下的坑，寫到一半沒了靈感就沒繼續下去，所以等到《最惡拍檔》完結之後我得好好填坑了。當然，也希望我可以順利的把言情那塊版的坑坑填完，那邊未完結的有更多，最近忙著趕《最惡拍檔》系列以致忽略了我的俊男美女，必須努力鞭策自己不再懶惰了。

回顧以上的文字，我突然覺得自己好像在寫年度感想篇，我暈……其實每回寫後記都覺得自己好像在東扯西扯的，一直在碎碎念，活像一個老太婆。不過還是要感謝正在看我這一篇後記的你們，謝謝你們對我的支持，我會繼續努力下去的。

我們下一本再見。

秋十

四、注意事項：

- ★ 投稿者之作品須有完整版權，繁簡體實體書出版權及電子書版權。
- ★ 請勿一稿多投。
- ★ 投稿作品如有涉及抄襲、剽竊等情事・無條件立即終止合約並針對出版社損害於予追究。

【輕小說畫者募集中】

三日月書版徵求各種不同風格的畫者，請踴躍提供參考作品及聯絡方式，
審核通過後我們將與立即與您聯絡。

一、投稿插圖檔案格式：

★ 投稿格式。

1. jpg檔案，解析度72dpi，圖片大小像素800X600。（請勿過大或者太小）
2. 來稿附件請至少具備五張彩稿及三張黑白稿或Q版圖片
3. 請投電子稿件，不收手繪原稿。
4. 請在電子郵件中以「附加檔案」的方式將作品寄送過來，切勿使用網址連結。
5. 投稿作品請使用不同構圖之作品，黑白部分請勿僅以同樣彩色構圖轉灰階投稿，來稿請以近期作品為佳，整體構圖需有完整背景與主題人物。

二、投稿信箱： mikazuki@gobooks.com.tw

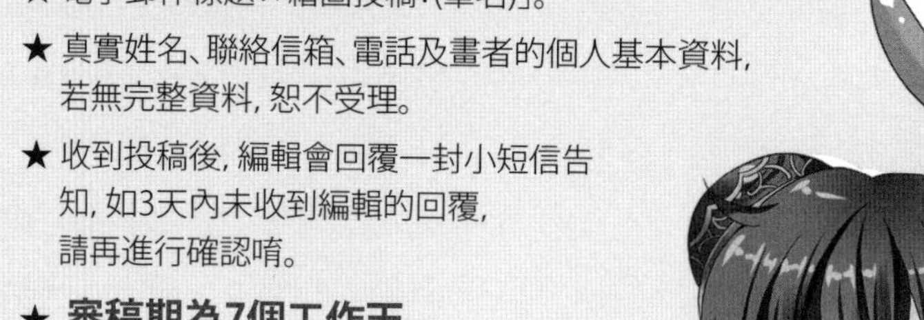

- ★ 電子郵件標題：「繪圖投稿：(筆名)」。
- ★ 真實姓名、聯絡信箱、電話及畫者的個人基本資料，若無完整資料，恕不受理。
- ★ 收到投稿後，編輯會回覆一封小短信告知，如3天內未收到編輯的回覆，請再進行確認唷。
- ★ **審稿期為7個工作天。**

高寶書版集團
gobooks.com.tw

輕世代 FW040
最惡拍檔04女神的執念

作　　者　秋十
繪　　者　流翼
編　　輯　張心怡
校　　對　王藝婷、許佳文、賴思妤
排　　版　彭立瑋
美術編輯　陸聖欣
出　　版　英屬維京群島商高寶國際有限公司台灣分公司
　　　　　Global Group Holdings, Ltd.
地　　址　台北市內湖區洲子街88號3樓
網　　址　gobooks.com.tw
電　　話　(02) 27992788
電　　郵　readers@gobooks.com.tw（讀者服務部）
　　　　　pr@gobooks.com.tw（公關諮詢部）
傳　　真　出版部　(02) 27990909　行銷部 (02) 27993088
郵政劃撥　19394552
戶　　名　英屬維京群島商高寶國際有限公司台灣分公司
發　　行　希代多媒體書版股份有限公司/Printed in Taiwan
初版日期　2013年8月

國家圖書館出版品預行編目(CIP)資料

最惡拍檔. 4, 女神的執念 / 秋十著. -- 初版. --
臺北市：高寶國際, 2013.08-
　面；　公分. -- (輕世代；FW040)

ISBN 978-986-185-882-1(平裝)

857.7　　　　　　　　102012681

三日月

三日月

GOBOOKS
& SITAK
GROUP©